Anonymus

Herrschsucht

Lustspiel in drei Aufzügen

Anonymus

Herrschsucht
Lustspiel in drei Aufzügen

ISBN/EAN: 9783743330801

Hergestellt in Europa, USA, Kanada, Australien, Japan

Cover: Foto ©Andreas Hilbeck / pixelio.de

Manufactured and distributed by brebook publishing software
(www.brebook.com)

Anonymus

Herrschsucht

Herrschsucht.

Lustspiel in drei Aufzügen.

—— ——

1865.

——————

8·

Perſonen.

Gräfin von Wachendorf.

Adolf, }
Thekla, } ihre Enkel.

Kunigunde von Wachendorf, ihre Verwandte.

Baron von Felsburg, Kammerherr a. D.

Baron von Waldow, Maler.

Magiſter Grau, Hauslehrer.

Rabe, Oberinſpector.

Anaſtaſia, deſſen Tochter.

Specht, Kornſchreiber.

Schramm, Waldow's Diener.

Philipp, Diener der Gräfin.

Die Handlung begibt ſich auf der Herrſchaft Wachendorf.

Erster Aufzug.

(Prächtiges Zimmer im Geschmack des achtzehnten Jahrhunderts. Ebenso der Hausrath. Mittelthüren, zwei Seitenthüren, rechts Fenster.)

Erster Auftritt.

Adolf

(zum Reiten angezogen, kommt durch die Mitte und geht an das Fenster).

Was? Noch nicht gesattelt? (Oeffnet und ruft hinaus.) Heda! Christian! Hört denn der Mensch nicht? Christian, wo bleibt mein Pferd? Was soll das heißen? Ist denn niemand da? Philipp! Das ist ja abscheulich mich warten zu lassen.

Zweiter Auftritt.

Adolf. Philipp.

Adolf. Philipp, warum ist mein Pferd noch nicht vorgeführt? Du zuckst mit den Achseln? Was soll das heißen?

Philipp. Die Frau Gräfin haben befohlen daß nicht gesattelt werden soll.

Adolf. Was? Ich soll nicht ausreiten?

Philipp. So lautet der Befehl der Frau Gräfin.

Adolf (zornig). Aber ich will ausreiten, hörst du, ich will ausreiten. Augenblicklich soll gesattelt werden!

Philipp (achselzuckend). Wenn die Frau Gräfin befohlen haben —

Adolf. Soll ich erst noch um Erlaubniß bitten, wenn ich reiten will? Augenblicklich laß satteln.

Philipp. Ich darf nicht.

Adolf (stampft mit dem Fuße). Du sollst! Du sollst! Du sollst!

Dritter Auftritt.

Vorige. Gräfin. Grau (mit Papieren durch die Mitte).

Gräfin (in gerader Haltung, bedient sich stets eines Krückstockes, obschon sie nicht hinkt, ihr Wesen hat etwas Herrisches, doch nichts Unedles. Sie ist voll Form der Etikette, aus der sie indeß zuweilen auffahrend heraus kommt). Wer spricht hier so heftig? Was geht hier vor?

Adolf (wendet sich trotzig ab und beißt sich auf die Lippen).

Gräfin. Willst du mir nicht antworten, Adolf?

Adolf (trotzig). Ich will ausreiten!

Gräfin. Ah so, ich verstehe. (Winkt Philipp.)

Philipp (ab).

Gräfin (geht vor). Ich habe verboten dir ein Pferd zu satteln.

Adolf. Warum?

Gräfin. Die Frage ist ungeziemend. Ich bin es nicht gewohnt die Gründe für meine Entschlüsse anzugeben. Ich will, das ist genug.

Adolf (nicht zu heftig im Tone). Sie behandeln mich wie einen Knaben, der bei jedem Schritte erst um Erlaubniß fragen muß — und das ist unerträglich.

Gräfin. Welch einen Ton erlaubst du dir?

Adolf. Es ist der Ton des Unterdrückten; ich bin es müde wie ein unmündiges Kind behandelt zu werden.

Gräfin. Du bist unmündig.

Adolf. Wenn auch das Gesetz erst nach einigen Jahren mir die vollen Rechte der Mündigkeit zuerkennt, so bin ich doch kein Knabe mehr und ich kann verlangen —

Gräfin. Du kannst verlangen? Nichts kannst du verlangen. Ich bin die Herrin! Mein Wille allein ist hier entscheidend, er allein ist die Richtschnur für meine Umgebung und also auch für dich.

Adolf. Sie dehnen Ihren Willen zu weit aus und dann wird er drückend, unerträglich — und ich will nicht mehr so mich drücken lassen!

Gräfin. Du willst? Diese Sprache wagst du gegen mich? Herr Magister, noch ist dieser junge Mensch nicht ganz Ihrer Leitung entwachsen, lehren Sie ihn die Achtung, die er seiner Großmutter, seiner Herrin schuldig ist.

Adolf (für sich). Auch das noch! (Gibt während des Folgenden fortwährend Zeichen des verbissenen Grimmes.)

Grau (war hinten stehen geblieben, kommt jetzt vor, salbungsvoll). Bedenken Sie, Herr Graf, was Sie thun. Das vierte Gebot ist das gewichtigste, es kommt noch vor dem Gebote: du sollst nicht tödten. Denn wer Vater und Mutter nicht ehrt tödtet. Er schlägt die Liebe der Aeltern und das ist wahrhaft tödten. Er verwundet die Herzen der Aeltern durch

Undankbarkeit und das ist wahrhaft tödten. Bedenken Sie was die Schrift sagt: der Segen des Vaters bauet den Kindern Häuser, der Mutter Fluch aber reißt sie nieder. Die Aeltern sind vom Himmel zu den Herren der Kinder gesetzt und wer sich gegen sie auflehnt lehnt sich auf gegen das Gesetz Gottes.

Gräfin. So ist es, Herr Magister. Schon nach den Gründen eines Befehles fragen ist Auflehnung. Begreifen denn die Kinder die Gründe? Seit ich mit dem Wagen umgeworfen wurde und einen Beinbruch erlitt, der noch immer eine Schwäche zurückgelassen hat, bin ich ängstlich wenn es sich um Pferde handelt. Diese Nacht träumte mir der heutige Tag werde ein Tag des Unglücks sein und deßhalb verbot ich das Reiten. Gibt uns denn nicht der Himmel Winke durch Träume und Ahnungen? Sprechen Sie, Herr Magister.

Grau. Es läßt sich nicht leugnen daß die Vorsehung allerhand Mittel und Wege hat uns ihren Willen zu offenbaren. Doch ich glaube der Herr Graf sieht ein daß er zu rasch gewesen ist, er sieht ein daß Demuth die christlichste aller Tugenden ist, ich kenne ja sein gutes Herz. Wohlan, Herr Graf, üben Sie diese Tugend und küssen Sie die Hand, die Sie segnet, auch wenn sie zu züchtigen scheint.

Gräfin. Nun Adolf?

Adolf (bezwingt mühsam seinen Grimm und küßt der Gräfin die Hand).

Gräfin. So mag es gut sein, mein Sohn! Ich hoffe du wirst den halsstarrigen Sinn beugen lernen und den Gehorsam üben, den du mir schuldig bist. Kommen Sie jetzt zu unsern Geschäften, Herr Magister. (Links ab.)

Grau (folgt ihr).

Adolf (allein). Da stehe ich ausgescholten wie ein Schul=
bube. Der Grimm verzehrt mich und ich kann nichts da=
gegen thun. Muß ich mir denn das gefallen lassen? Bin
ich denn noch nicht der Ruthe entwachsen, daß mich dieser
Schwarzrock abkanzeln darf wie einen Schüler! O wer mir
ein Mittel zeigte mich dieser drückenden Herrschaft zu ent=
ziehen. Philipp! Noch zwei Jahre bis ich mündig bin!
Und dann? Wird diese alte Frau nicht auch dann noch ihre
Herrschaft fortzusetzen suchen? Und wer widersteht ihrem
eisernen Willen?

Vierter Auftritt.
Adolf. Philipp.

Philipp. Der Herr Graf befehlen?

Adolf. Meine Pistolen! Ich will nach der Scheibe
schießen.

Philipp. Der Herr Graf werden verzeihen —

Adolf. Was?

Philipp. Die gnädige Frau Gräfin haben befohlen
daß heute nicht nach der Scheibe geschossen werden soll.

Adolf (starr). Ich soll nicht schießen?

Philipp. So ist's befohlen!

Adolf. Hinaus! Hinaus!

Philipp (ab).

Adolf (wüthend). Das setzt dem Dinge die Krone auf!
Auch nicht schießen! Das dulde ich nicht. (Will nach links.)
Aber der Schwarzrock ist bei ihr, ich werde wieder salbungs=

volle Reden hören müssen und das ist das Widerwärtigste!
O es ist zu arg, zu arg! (Schlägt mit der Reitgerte auf den Tisch.)

Fünfter Auftritt.

Adolf. Thekla (von rechts).

Thekla (durchweg sanft und schüchtern). Adolf, Adolf.

Adolf (auf und ab). Laß mich, laß mich!

Thekla. Was fehlt dir denn?

Adolf. Luft, Freiheit! Oder jemand, den ich erdrosseln
könnte, das würde mich abkühlen!

Thekla. Lieber Adolf, sei doch ruhig. Was ist dir
denn geschehen?

Adolf. Geknechtet bin ich. Reiten soll ich nicht,
schießen soll ich nicht! Zuletzt muß ich noch fragen ob ich
athmen darf.

Thekla. Aber die Großmutter meint es ja gut.

Adolf. Das danke ihr wer Lust hat! Ich bin erwach-
sen, bin ein Edelmann, auf dem Pferde ist mein Platz, die
Waffen ziemen meiner Hand.

Thekla. Du weißt aber, wenn die Großmutter nicht
will —

Adolf. Das ist's ja eben daß es im ganzen Schlosse
nur einen Willen gibt, den ihrigen, daß sie verlangt wir
alle sollen nur Gliederpuppen sein, die sich bewegen wie sie
die Dräthe zieht.

Thekla. So beruhige dich doch.

Adolf. Ich kann mich nicht beruhigen, will mich nicht
beruhigen.

Sechster Auftritt.

Vorige. Kunigunde (von rechts).

Thekla. Gut daß Sie kommen, Kunigunde, helfen Sie mir den wilden Menschen besänftigen.

Kunigunde (immer munter). Wild? Sind Sie wild, Herr Graf!

Adolf (bei Kunigundens Anblick gleich milder, nicht ohne Verlegenheit). Ich — ich habe Verdruß gehabt.

Kunigunde. Den müssen Sie abschütteln, Herr Vetter. Verdruß wirkt wie ein langsames Gift, zersetzt das Blut, kann endlich tödtlich werden.

Adolf. Wie fängt man es an den Verdruß zu besiegen?

Kunigunde. Man meidet die Einsamkeit, in der man über seinen Unmuth grübelt, man sucht heitere Gesellschaft.

Adolf. Dann muß ich zu Ihnen kommen, ich wüßte sonst weit und breit keine andere.

Thekla. Das war eben nicht sehr schmeichelhaft für mich.

Kunigunde. Sie müssen ihm vergeben; Brüder pflegen etwas ohne Rücksicht gegen ihre Schwestern zu sein. Und war der Herr Graf nicht artig gegen Sie, war er es desto mehr gegen mich, so artig, daß ich — daß ich —

Adolf. Daß Sie mir es gar nicht zugetraut hätten, wollten Sie sagen.

Kunigunde. Nicht so geradezu, das hieße ja Ihre Artigkeit mit Unart erwiedern. Aber seit den acht Tagen, die ich hier auf dem Schlosse bin, habe ich Sie nur als

wilden Reiter und leidenschaftlichen Schützen kennen ge=
lernt und —

Adolf. Und so erschien ich Ihnen nur als ein gewöhn=
licher Landjunker. Sie mögen Recht haben, allein mein ist
die Schuld nicht wenn ich nichts weiter bin. Ich habe ein=
mal gelesen daß nur der Umgang mit Frauen einen Mann
bilde und bis jetzt —

Thekla. Hattest du nur mich, deine Schwester.

Adolf. Da bin ich wieder ungeschickt gewesen. Ich
fürchte an mir ist Hopfen und Malz verloren.

Kunigunde. Hoffen wir noch, Herr Vetter; wir beide
wollen unsererseits alles thun Sie ein wenig in die Schule
zu nehmen. Ist Ihr Verdruß nun fort? Etwas, Sie sehen
schon freundlicher aus. Was meinen Sie, Thekla, soll uns
Ihr Bruder auf Ihr Zimmer begleiten und soll ich Ihnen
etwas vorlesen?

Thekla. Ach ja, Sie lesen so schön, wie ich es nie
gehört habe.

Kunigunde. Nun, Herr Graf?

Adolf. Wenn Sie mich mitnehmen wollen —

Thekla (geht). Komm nur, komm nur, dein Verdruß
wird bald ganz verschwinden; Kunigunde versteht es auf=
zuheitern.

Kunigunde. Heiterkeit sei die wahre Philosophie,
sagte mein guter Vater immer, und ich bin stets bestrebt
gewesen eine gute Philosophin zu sein. Also Herr Graf.

Alle drei (rechts ab).

Siebenter Auftritt.

Gräfin. Grau (von links).

Gräfin. So, lieber Magister, sehen Sie die Kosten=anschläge noch ein Mal durch und erstatten Sie mir darüber Bericht.

Grau. Ich werde Ihre Befehle vollziehen.

Gräfin. Und achten Sie auf meinen Enkel, lassen Sie es nicht an Ermahnungen fehlen.

Grau. Dürfte ich der gnädigsten Gräfin nicht zu be=denken geben daß der junge Herr Graf bald zweiundzwanzig Jahre alt und eigentlich meiner Zucht entwachsen ist?

Gräfin. Nichts da, nichts da, Herr Magister. Sie sind zehn Jahre lang sein Lehrer gewesen, Sie werden bald sein Seelsorger sein und so haben Sie das Recht und die Pflicht den jungen Mann zum Guten zu ermahnen. Er soll nach meinem Tode selbst Herr hier sein und so muß er vorher unbedingt gehorchen lernen. Sein Starrsinn muß sich beugen, ich dulde keinen Widerspruch und ich rechne entschieden auf Ihre Hülfe.

Grau. Ich will thun was die gnädige Gräfin be=fohlen. Der Himmel wird meinen Worten Kraft verleihen, ich werde fleißig darum beten.

Gräfin. So recht, Herr Magister, Gottesfurcht ist der einzige richtige Grund, auf dem sich ein Charakter zum Segen entwickelt. Legen Sie ihn fest bei meinem Enkel. Wir leben in verdorbenen Zeiten, wo dieser Grund überall wankt, desto fester muß er bei denen gebaut werden, welche die Vorsehung auf die Höhe des Lebens gestellt hat.

Grau. Ew. gräfliche Gnaden kennen mich seit zehn Jahren und wissen daß auch ich auf Gottesfurcht mein Leben gebaut habe. Ich hoffe der Himmel wird mein Mühen segnen.

Gräfin. Gut, Herr Magister. Und nun zu Ihnen. In drei Monaten werde ich den alten Pfarrer zur Ruhe setzen, die er so wohl verdient hat, und Sie treten dann in seine Stelle. Zu gleicher Zeit mag dann Ihre Verbindung mit Fräulein Kunigunde stattfinden, die Sie nun seit acht Tagen Gelegenheit gehabt kennen zu lernen. Sie werden an der Aussteuer erkennen daß ich geleistete Dienste zu be= lohnen weiß.

Grau. Ich nehme mein künftiges Lebensglück als ein Geschenk aus Ihrer Hand dankbar an.

Gräfin (reicht ihm die Hand). Sie haben immer meinem Vertrauen entsprochen, ich bin zufrieden mit Ihnen.

Grau (küßt die Hand und geht ab).

Gräfin (allein). Ein würdiger Mann voll Frömmigkeit und Gottesfurcht. Ach diese Leute werden immer seltener in unseren verdorbenen Zeiten.

Achter Auftritt.
Gräfin. Philipp. (Dann) Rabe.

Philipp. Herr Oberinspector Rabe!

Gräfin. Soll eintreten.

Philipp. Auch ist der Herr Kammerherr von Felsburg so eben von seiner Reise zurückgekommen und läßt fragen wann er der gnädigen Gräfin aufwarten könne.

Gräfin. In einer Viertelstunde wird mir sein Besuch angenehm sein.

Philipp (öffnet Rabe die Thüre und geht ab).

Gräfin. Was bringen Sie mir für Bescheid, Herr Inspector?

Rabe. Gnädige Gräfin wissen, ich bin ein alter gerader Mann, der niemandem nach dem Munde redet.

Gräfin. Ohne Einleitung, zur Sache!

Rabe. So muß ich Ihnen als ehrlicher Mann rathen, schieben Sie den Schulbau noch einige Jahre auf.

Gräfin. Das geht nicht, Herr Inspector, das geht nicht. Die Schule ist so verfallen, daß sie unserm Dorfe zur Schande gereicht. Sie ist viel zu klein, die Kinder müssen in den Räumen zusammengedrängt nothwendig krank werden, die Wohnung des Lehrers ist wenig besser als ein Stall. Man hätte mich früher auf diese Uebelstände aufmerksam machen sollen.

Rabe. Gnädige Gräfin wissen daß wir alle Jahre zu bauen hatten was nothwendiger war. Haben die Kinder so lange in der Schule gesessen, wie sie ist, kommt es auf ein paar Jahre mehr nicht an.

Gräfin (heftig). Bis sie ihnen über dem Kopfe zusammenfällt. Sie sind ein guter Landwirth, von höheren Rücksichten verstehen Sie nichts. Der Neubau der Schule ist mir als Gutsherrin Pflicht und er muß noch dieses Jahr vollendet werden.

Rabe (zuckt die Achseln). Gnädige Gräfin, ich habe noch ein Mal alles überschlagen, aus den laufenden Einnahmen sind die Mittel nicht zu entnehmen.

Gräfin. Der Kostenanschlag beträgt ja nur fünf=
tausend Thaler.

Rabe. Die Getreidepreise gehen herunter, die Woll=
preise sinken ebenfalls. Belieben Ew. Gnaden die Rechnungen
zu prüfen und zu vergleichen.

Gräfin. So müßten wir wieder ein Capital aufnehmen?

Rabe. Wenn Ew. Gnaden auf dem Baue bestehen,
gibt es kein anderes Mittel.

Gräfin. Wir haben schon ein Capital nach dem andern
aufgenommen.

Rabe. Die schlechten Zeiten, — die Zinsen von den
Hypotheken vermehren die Ausgaben.

Gräfin (verdrießlich). Ich hoffte keiner Anleihe mehr zu
bedürfen.

Rabe. Wenn Ew. Gnaden den gräflichen Haushalt
etwas beschränken wollten.

Gräfin. Das geht nicht. Es wird bei uns nichts
verschwendet, aber so viel Aufwand, wie wir machen, sind
wir unserer Stellung schuldig.

Rabe. Das haben Ew. Gnaden zu beurtheilen; meine
Pflicht ist es offen meine Meinung zu sagen.

Gräfin. Ich weiß daß Sie es ehrlich meinen. Wie
ist's? Haben Sie sich erkundigt? Können wir das Capital
bekommen?

Rabe. Nicht unter sechs Procent!

Gräfin. Das ist zu viel, das ist zu viel!

Rabe. Alle Capitalien werden jetzt in Actien gesteckt.
Für die Landwirthschaft auf Hypothek will niemand etwas
hergeben.

Gräfin. Ja ja, die Actienunternehmungen richten die Landwirthschaft ganz zu Grunde. Wir haben schon viel darunter gelitten. Das Geld will den alten Adel ganz aus seinem Besitze treiben. — Indessen wenn es nicht anders ist, nehmen Sie das Capital auf.

Rabe. Ich thue es mit schwerem Herzen.

Gräfin. Nun nun vertrauen wir auf den Himmel, es werden schon bessere Zeiten kommen.

Rabe (fromm). Das ist meine Hoffnung.

Gräfin. Wie steht es mit dem neuen Gewächshause?

Rabe. Es ist fertig bis auf den letzten Anstrich. Wenn gräfliche Gnaden es einmal ansehen wollten?

Gräfin. Das will ich und noch heute Morgen.

Rabe. Schön, gnädige Gräfin, ich werde zur Hand sein um Sie zu führen. Haben Sie sonst noch etwas zu befehlen?

Gräfin. Für jetzt nichts, lieber Inspector.

Rabe. So wünsche ich Ew. Gnaden einen unterthänig=sten guten Morgen. (Ab.)

Gräfin (allein). Eine treue Seele! Wenn ich den recht=schaffenen Mann nicht hätte, auf den ich mich so fest ver=lassen kann, es stände nicht so gut um meine Güter. Ohne ihn wäre ich nicht so durch die bösen Zeiten gekommen. Er ist etwas geradezu, doch mag ich das an ihm wol leiden.

Neunter Auftritt.

Gräfin. Kammerherr. Philipp.

Philipp (meldet). Herr Kammerherr von Felsburg. (Läßt ihn eintreten und geht ab.)

Kammerherr (sehr modern, etwas stark verlebt, in seinen Reden süßlich). Ma chère cousine, ich kann Ihnen die Freude nicht beschreiben, die ich empfinde da ich Sie wiedersehe.

Gräfin (huldreich). Sein Sie willkommen, mon cousin. Wie ist es? Sie wollten in drei Tagen zurückkehren und sind acht Tage weggeblieben?

Kammerherr. Ach wüßten Sie wie ich mich nach diesem stillen Aufenthalte und nach Ihren freundlichen Augen gesehnt habe. Aber Sie glauben nicht welche Lauferei und welche Verzögerungen man mit diesen Advocaten hat.

Gräfin. Wie steht es denn mit Ihrem Proceß?

Kammerherr. Der Advocat gibt die besten Hoffnungen.

Gräfin. Ich hoffe auch. Der Himmel wird ja der gerechten Sache den Sieg nicht vorenthalten.

Kammerherr. Ach, theure Gräfin, die Entscheidung verzögert sich nur zu sehr, und ich stehe immer mehr beschämt vor Ihnen. Seitdem ich durch den schändlichsten Bankrott mein ganzes Vermögen verloren, seitdem die niedrigste Verleumdung das Ohr meines Fürsten zu erreichen wußte, seitdem ich in Ungnade fiel und den Hof verlassen mußte, haben Sie mich als armen Flüchtling gastfrei aufgenommen, noch mehr, Sie gewähren mir die Mittel meinen Proceß gegen den Bankrottirer zu führen. Ach die Last meiner Verbindlichkeiten gegen Sie wächst von Tage zu Tage und drückt mich fast zu Boden.

Gräfin. Still, still, mon cousin! Kann ich weniger für Sie thun? Sie sind der letzte meines väterlichen Geschlechts und ich habe Ihnen die Hand meiner Enkelin zugesagt, denn ich hege das sehnlichste Verlangen das alte

Haus der Felsburg durch Sie auf's Neue erblühen zu sehen. So werden Sie ja mein Schwiegerenkel und was ich thue geschieht ja für meine geliebte Enkelin.

Kammerherr (küßt ihr die Hand). Sie sind die segens= reiche Fee meines Lebens, Sie söhnen mich aus mit dem Schicksal, das mich so hart verfolgte. Sie wissen aber auch daß die unbegrenzteste Verehrung und Dankbarkeit für Sie in meinem Herzen wohnt.

Gräfin (gerührt). Ich weiß, mon cousin, Sie sind ein guter Mensch.

Kammerherr. Wer könnte anders sein, den der Him= mel in Ihre beglückende Nähe führt?

Gräfin. Genug, genug; wer seine Pflicht thut bedarf keines Lobes. (Schellt.) Ich habe den heutigen Tag dazu ausersehen meine Anordnungen bekannt zu machen.

Zehnter Auftritt.
Vorige. Philipp.

Gräfin. Ich lasse Comtesse Thekla bitten.

Philipp (rechts ab).

Gräfin. Meine Enkelin wird in vier Wochen achtzehn Jahre alt, dann soll Ihre Vermälung stattfinden.

Kammerherr. So naht er endlich, der seligste Tag meines Lebens, welchen ich so lebhaft herangesehnt habe! Ach theuerste Gräfin, ich fürchte es ist zu viel des Glückes, ich kann es nicht ertragen!

Gräfin. Mit Ihrem rechtschaffenen Herzen, mit Ihrem echt adligen Sinne verdienen Sie glücklich zu sein.

Elfter Auftritt.

Vorige. Thekla (von rechts).

Thekla (küßt der Gräfin die Hand). Guten Morgen,
theuerste Großmutter. (Verneigt sich.) Herr Kammerherr.
Sie haben mich rufen lassen?

Gräfin. Ja, mein Kind. Setze dich zu mir. Ich
habe dir etwas mitzutheilen, das von Wichtigkeit für dich ist.

Thekla. Von Wichtigkeit?

Gräfin. Du wirst nächstens achtzehn Jahre alt und
es wird Zeit dich zu vermälen.

Thekla (senkt den Kopf). Mich zu vermälen?

Kammerherr. Erlauben Sie, theuerste Gräfin, daß
ich mich entferne. Bei einer vertraulichen Stunde zwischen
der liebevollen Großmutter und der zärtlichen Enkelin ist ein
Dritter überflüssig, um so mehr da es einem Manne nicht
ziemt die verschämten Regungen eines jungfräulichen Busens
zu beobachten.

Gräfin. Ich ehre das Zartgefühl, das Sie auch jetzt
bewähren.

Kammerherr (ab).

Gräfin. Nun, Thekla?

Thekla (immer schüchtern). Mir ist auf einmal so heiß
geworden.

Gräfin. Wir haben heute einen schwülen Tag. An
deinem nächsten Geburtstage sollst du dich also vermälen.
Du erwiderst nichts?

Thekla. Hat denn das nicht noch etwas Zeit?

Gräfin. Was willst du damit sagen?

Thekla. Ich bin noch so jung, ich kann immer noch ein paar Jahre warten.

Gräfin. Du wohl, aber nicht der Mann, dem ich dich bestimmt habe.

Thekla (erschrocken). Sie haben schon über mich verfügt?

Gräfin. Allerdings. Der Kammerherr soll dein Gemal werden.

Thekla (mit leisem Schauder). Der Kammerherr?

Gräfin. Er ist der letzte Sprosse meines väterlichen Geschlechtes und ich wünsche durch dich dasselbe zu neuer Blüthe zu bringen.

Thekla. Aber —

Gräfin. Hast du Einwendungen?

Thekla (erschrocken). Nein, nein!

Gräfin. Der Kammerherr ist zwar nicht mehr ganz jung, aber immer noch ein Mann in seinen besten Jahren. Er ist von hohem Zartgefühl und wird dich schüchternes Täubchen mit sanfter Hand durch das Leben leiten.

Thekla. Aber —

Gräfin. Schon wieder aber? Dir scheint mein Plan nicht zu gefallen?

Thekla. Ich meinte —

Gräfin. Was meinst du?

Thekla. Wenn man sich verheirathet —

Gräfin. Nun?

Thekla. Müßte man vorher lieben.

Gräfin (scharf). Und du liebst den Kammerherrn nicht?

Thekla (erſchroden). Es iſt wol möglich, ich weiß es aber nicht.

Gräfin. Wer hat dir dieſe Gedanken von Liebe in den Kopf geſetzt? Ich fürchte daß Kunigunde einen böſen Einfluß auf dich ausübt. Mein liebes Kind, man ſpricht und ſchreibt allerdings viel von Liebe, und in den unteren Ständen mag das auch ſeine Berechtigung haben. Bei uns aber, dem alten Adel, der über der Menge ſteht, dürfen nur Familienrückſichten entſcheiden. So iſt es ſtets geweſen und ſo wird es bleiben. Alſo wirſt du gehorſam ſein und dem Kammerherrn deine Hand reichen.

Thekla. Ja aber — (bittend) könnten wir nicht noch ein Jahr wenigſtens warten?

Gräfin (nicht rauh). Nein! Ich habe die Vermälung für jetzt angeordnet und was ich beſtimme geſchieht. Du weißt das. Ich werde älter, der Himmel kann mich jeden Tag abrufen und ich wünſche mein Haus bei meinem Hin= tritt geordnet zu ſehen. Dieſe Herrſchaft erhält dein Bruder, du bekommſt das Rittergut Falkenhain, wo du mit deinem Gemale reſidiren wirſt. So iſt alles auf das beſte geordnet. Wie? Du weinſt?

Thekla. Es iſt mir eine Mücke in's Auge geflogen.

Gräfin. Gut, gut, du kennſt jetzt meinen Willen. Ich habe nach der Reſidenz um einen Maler geſchrieben, er ſoll mich, dich und deinen Bruder für den Ahnenſaal noch vorher malen. Mache dich nun mit dem Gedanken an deine Vermälung vertraut. Geh jetzt, mein Kind und befiehl daß man deinen Bruder zu mir bittet.

Thekla (küßt ihr die Hand und geht ab).

Gräfin. Sie war betroffen, sie weinte wirklich.
Sollte eine Regung von Liebe in ihr Herz gekommen sein?
Es ist unmöglich! Sie kennt keinen Mann, der einen Ein=
druck auf ihr Herz zu machen vermocht hätte. Kunigunde,
Kunigunde muß ihr den Kopf verdreht haben. Ach man
sollte die Mädchen jetzt verheirathen sobald sie die Puppe
weglegen, man ist sonst nie sicher daß sich Liebesregungen
bei ihnen einstellen.

Zwölfter Auftritt.

Gräfin. Adolf (von rechts).

Adolf. Sie haben befohlen?

Gräfin. Ich habe dich bitten lassen.

Adolf. Das ist dasselbe. Jedes Ihrer Worte ist ja
ein Befehl, der Gehorsam verlangt.

Gräfin. Richtig, so muß es auch sein. Bist du einst
Herr hier, so wird auch jedes deiner Worte ein Befehl für
deine Umgebung sein. Du wirst dann von mir gelernt
haben wie man die Herrschaft übt.

Adolf (immer bitter, so weit es die Höflichkeit zuläßt). Ja,
Großmutter, recht unumschränkt zu herrschen kann man von
Ihnen lernen. Sie gestehen neben Ihrem Willen keinem
andern eine Berechtigung zu.

Gräfin (schärfer). Du scheinst seit einiger Zeit deinem
Willen neben dem meinigen Geltung verschaffen zu wollen.
Den Ton, in dem du mit mir eben sprichst, hast du früher
niemals gewagt! Es ist Zeit dafür zu sorgen daß dir die

Flügel nicht zu mächtig wachsen. Deßhalb sollst du dich vermälen.

Adolf. Wie sagen Sie?

Gräfin. Junge Männer wie du bedürfen einer Frau, die sie etwas im Zaume hält, sie unterliegen sonst zu leicht ihren Leidenschaften.

Adolf. Also vermälen soll ich mich? Und mit wem?

Gräfin. Mit Fräulein Adelheid von Bost, unserer Nachbarin.

Adolf (beißt sich auf die Lippen und dreht sich ab).

Gräfin. Du schweigst?

Adolf. Ich bin wol noch zu jung für die Ehe.

Gräfin. Dein Großvater war nicht älter, als ich die Seinige wurde und ich habe ihn treulich vor den Gefahren der Welt gehütet. Ich habe ihn glücklich gemacht, denn indem ich ihm die Last der Verwaltung unserer Güter abnahm, gönnte ich ihm Muße seinen wissenschaftlichen Reigungen zu leben und seine schönen Sammlungen anzulegen.

Adolf. Ja, man sagt der Großvater habe sich um nichts bekümmert und alles Ihnen überlassen.

Gräfin. So war es. Mein geliebter einziger Sohn, dein Vater, war auch nur zwanzig Jahre alt, als er sich vermälte. Leider starb er schon nach fünf Jahren und seine Gemalin folgte ihm rasch nach. So mußte ich die Last der Verwaltung und Herrschaft weiter tragen, bis ich sie dereinst deinen Händen übergeben kann. Also bist du nicht zu jung für die Ehe.

Adolf. Aber Fräulein Adelheid von Bost ist zu alt.

Gräfin. Wie?

Adolf. Man behauptet sie sei schon nahe an dreißig.

Gräfin. Und wenn dem so wäre? Sie ist von altem Adel, ist reich und eine fein gebildete Dame.

Adolf. Dann passe ich doch nicht zu ihr.

Gräfin. Wie?

Adolf. Feine Bildung besitze ich ja nicht.

Gräfin. Was fehlt deiner Bildung?

Adolf. Das weiß ich nicht. Wüßte ich es, fehlte es mir vielleicht nicht. Aber ich fühle es daß mir noch vieles mangelt, ich muß hinaus in die Welt, muß reisen, sehen, hören, lernen, wenn ich nicht ein gewöhnlicher Landjunker bleiben will.

Gräfin. So? In die Welt willst du? Locken dich ihre Verführungen? So lange ich zu befehlen habe will ich dich hüten vor den Gefahren der Welt. Deine Güter zu verwalten, Herr deiner Unterthanen zu sein ist dein Beruf, ist der Beruf des alten Adels. Adolf, welch neuer Geist ist in dich gefahren? Du widersprichst mir, du hast andere Anschauungen, was soll ich davon denken? Du antwortest mir nicht?

Adolf. Wozu auch? Würde ich versuchen Ihrer Meinung eine andere entgegenzusetzen und mit Gründen vertheidigen zu wollen, so würden Sie sagen: ich will, ich befehle es — und dagegen läßt sich allerdings nichts aufbringen.

Gräfin. Ich erstaune! Welche Sprache erlaubst du dir? Ich werde den Magister Grau beauftragen dir die Pflichten gegen mich, das Haupt der Familie, auseinander zu setzen, hoffentlich werden seine Lehren den widerspenstigen

Geist in dir beugen und dich zur christlichen Demuth führen. Uebrigens kennst du jetzt meinen Willen wegen deiner Vermälung. Widerspruch dulde ich nicht.

Adolf (verbeugt sich und geht).

Gräfin. Du gibst mir keine Antwort?

Adolf. Was sollte ich antworten? Sie sagen ja selbst: Widerspruch dulde ich nicht. (Verbeugt sich und geht ab.)

Gräfin. Was soll das heißen? Er versucht es sich gegen mich aufzulehnen? (Klingelt.) Hat er das aus sich? Oder ist ein anderer Einfluß bei ihm mächtig geworden?

Dreizehnter Auftritt.

Gräfin. Philipp (durch die Mitte).

Gräfin. Ich lasse Fräulein Kunigunde bitten!

Philipp (rechts ab).

Gräfin (allein). Oho, mein Söhnchen, wir wollen sehen ob du gegen meinen Willen anstreben kannst. Mein seliger Gemal hat mir niemals widersprochen, mein Sohn hat sich mir in Demuth gefügt, und mein Enkel wollte nicht gehorchen? Du sollst deinen Widerspruch an meiner Festigkeit gebrochen sehen. Vierzig Jahre bin ich hier Herrin gewesen und will es bleiben, bis ich zu meinen Vätern versammelt werde.

Vierzehnter Auftritt.

Gräfin. Kunigunde (von rechts).

Kunigunde. Sie haben befohlen, gnädige Gräfin?

Gräfin (setzt sich wieder und winkt Kunigunden zum Sitzen).

Ich habe Sie rufen lassen, Fräulein, um Ihnen meine Be=
schlüsse wegen Ihrer Zukunft mitzutheilen. Ihr Vater war
ein Vetter unseres Hauses, der — der — nun die Unvor=
sichtigkeit beging eine Mesalliance zu schließen und ein
bürgerliches Mädchen zu heirathen. Es fließt demnach kein
reines Blut in Ihren Adern.

Kunigunde. Ob mein Blut rein ist, gnädige Frau,
weiß ich nicht, aber frisch und munter ist es.

Gräfin. Sie haben die Gewohnheit auch bei den
ernstesten Dingen zu scherzen.

Kunigunde. Ich habe einmal gehört oder gelesen
daß es eine recht hübsche Eigenschaft sei allen Dingen die
heitere Seite abzugewinnen.

Gräfin (immer etwas kalt und fremd). Ich besitze diese
Eigenschaft nicht und muß Sie bitten meine ernsten Mit=
theilungen mit Ernst entgegen zu nehmen. Sie verloren
Ihre Mutter als Sie noch Kind, Ihren Vater als Sie kaum
vierzehn Jahre alt waren. Das Vermögen Ihres Vaters
war durch verunglückte Unternehmungen geschmolzen, sein
Nachlaß reichte eben hin Sie in einer Pension erziehen zu
lassen. Diese Erziehung ist vollendet und ich erachte es für
meine Pflicht, da Sie doch den Namen unseres Hauses füh=
ren, für Ihre Zukunft zu sorgen und habe Sie deßhalb auf
unser Schloß kommen lassen. Auf eine standesmäßige Heirath
können Sie keinen Anspruch machen, da Ihr Stammbaum
nicht rein ist. Ich habe deßhalb beschlossen Sie mit dem
Magister Grau zu verheirathen. Er war zehn Jahre lang
Hofmeister in unserm Hause und ist ein durchaus braver
und ehrenwerther Mann. Zur Belohnung seiner Dienste

soll er die Stelle des alten Pfarrers bekommen, den ich in Ruhestand versetzen will. An einer anständigen Aussteuer werde ich es nicht fehlen lassen, und so ist für Ihre Zukunft bestens gesorgt.

Kunigunde (heiter). Gnädige Frau, ich bin Ihnen sehr dankbar für Ihre Sorge um meine Zukunft, um so dankbarer, da mich diese Sorge bis jetzt noch wenig angefochten hat.

Gräfin. Sie werden sich also meinen Anordnungen fügen?

Kunigunde. Ich kann doch nicht gleich Ja sagen.

Gräfin. Wie?

Kunigunde. Eine Bedenkzeit wird doch jedem Mädchen zugestanden, wenn es auf eine Werbung antworten soll?

Gräfin. Was hätten Sie zu bedenken?

Kunigunde. Je nun ich muß mich bedenken ob gegen diese Heirath nicht einige Bedenken obwalten.

Gräfin. Bedenken?

Kunigunde. Glauben Sie denn wirklich daß aus mir, bei meinem Mangel an Ernst, den Sie eben selbst rügten, eine Pfarrersfrau werden kann? Ich bin viel zu lustig und munter dazu.

Gräfin. Sie werden als Frau das ablegen und sich die ehrbare Haltung aneignen, die Ihnen dann geziemt.

Kunigunde. O weh, ich habe gar keine Anlage zu dieser Ehrbarkeit.

Gräfin. Fräulein Kunigunde, ich muß bitten!

Kunigunde. Die Wahrheit muß ich Ihnen doch sagen, gnädige Frau.

Gräfin (ungeduldiger). Sie verlangen also eine Bedenkzeit?

Kunigunde. Ich muß mir doch den künftigen Herrn Pfarrer erst etwas genauer ansehen, ob er mir gefällt.

Gräfin. Wenn ich Ihnen denselben empfehle?

Kunigunde. Aber, gnädige Gräfin, es ist doch möglich daß unser Geschmack verschieden wäre! In Bezug auf die Männer sollen die Frauen oft verschiedenen Geschmack haben und das ist auch gut, denn wenn alle an einem Einzigen Gefallen fänden, gäbe es ja ewigen Krieg.

Gräfin (bitter). Dieses ewige Scherzen — freilich —

Kunigunde. Ich verstehe dieses „freilich". Es soll andeuten daß mein munterer Sinn von meinem unreinen Blute kommt. Ach gnädige Frau, meine gute Mutter starb zu früh, als daß sie daran die Schuld tragen könnte, meinen muntern Sinn verdanke ich meinem herrlichen Vater. Als er starb, sagte er mir: „halte den Kopf oben und lache, mit Lachen kommst du am besten durch die Welt." Diesem Grundsatze bin ich treu geblieben.

Gräfin (steht auf). Gut, gut, Fräulein; ich habe Ihnen meinen Willen kund gethan und erwarte in einigen Tagen Ihre bestimmte Antwort. (Verbeugt sich.)

Kunigunde (küßt ihr die Hand). Die lustigen Leute sind auch die dankbarsten und liebevollsten, ich hoffe Sie sollen das an mir bestätigt finden.

Gräfin (etwas steif ab).

Kunigunde (nach förmlicher Verbeugung). Den Herrn Magister soll ich heirathen? Brrrr, da werde ich lieber eine alte Jungfer. Das ist doch der höchste Trumpf, den ein

Mädchen auf etwas setzen kann. Ich hätte gleich Nein sagen
können! Aber sie meint es vielleicht gut und man muß nicht
so schroff sein. Außerdem gefällt es mir hier — und einige
Tage möchte ich immer noch hier bleiben. (Ab.)

Verwandlung.

Garten, in der Tiefe durch eine Mauer begrenzt. In der Mitte der
Mauer eine Gitterthüre. Rechts hinten an der Mauer ein Haus.
Links im Vorgrunde eine dichte Laube mit Tisch und Bank.

Erster Auftritt.

Anastasia
(kommt mit einem Buche aus dem Hause und liest).

„Wenn ich alle Sprachen triebe,

Wenn zum Himmel mich erhübe,

Wenn mit Engelsfedern schriebe,

Immer in Entzückung bliebe,

Nimmer sagt' ich doch was Liebe!"

(Geht nach der Laube.) Wie zart, wie sinnig! Ja Guido
Sonnenschein, du führst deinen Namen mit Recht! Deine
Verse dringen in's Herz wie der Sonnenschein über die grüne
Flur! Welch' trauriges Leben müssen die Armen führen,
denen die Natur die Tiefe der Empfindung, das dichterische
Verständniß versagt hat. Mich schaudert wenn ich daran
denke.

Zweiter Auftritt.

Anastasia. Specht (von rechts).

Specht (immer etwas derb). Sieh da sind Sie, Anastasia! Haben Sie gut geschlafen?

Anastasia. Ich hatte einen süßen Traum!

Specht. Und ich die rauhe Wirklichkeit!

Anastasia. In einer goldnen Wolke ward ich gen Himmel getragen.

Specht. Mir ist mein neuer Rock gestohlen worden!

Anastasia. Ich habe eben einen neuen Dichter bekommen.

Specht. Ich wollte ich bekäme meinen Rock wieder.

Anastasia. Denken Sie nicht daran, Antonio, hören Sie was der Dichter von der Liebe sagt. (Liest sehr aufgetragen.)

„Wenn ich alle Sprachen triebe,
Wenn zum Himmel mich erhübe,
Wenn mit Engelsfedern schriebe,
Immer in Entzückung bliebe,
Nimmer sagt' ich doch was Liebe!"

Specht (lacht).

Anastasia. Sie lachen?

Specht. Mir fielen noch ein paar Reime dazu ein.

Anastasia. O sagen Sie — ich wußte ja daß in Ihnen eine Ader der Dichtung fließt.

Specht. Es paßt nicht.

Anastasia. Gewiß paßt es, sagen Sie nur — „Wenn mit Engelsfedern schriebe, immer in Entzückung bliebe —"

Specht. Kriegt' ich die verdammten Diebe,
Ei was setzt' es da für Hiebe!

Anastasia (wendet sich unwillig ab). Ach! wie prosaisch!

Specht. Ich sagte es ja gleich, es paßt nicht.

Anastasia. Werden Sie denn nie lernen zart zu empfinden und das zart Empfundene zart auszudrücken?

Specht. Ob ich zart sein werde, wie Sie es verlangen, Anastasia, weiß ich nicht, aber recht zärtlich werde ich sein, wenn Sie nur erst meine Frau sind. Wollen Sie denn nicht bald meine Bitten erfüllen und den Tag unserer Hochzeit ansetzen?

Anastasia. Ach Antonio!

Specht. Sie seufzen? Ich seufze auch manchmal so still für mich hin: ach Anastasia!

Anastasia (freudig). Seufzen Sie wirklich?

Specht. O ja!

Anastasia. Warum drängen Sie mich denn so? Ist nicht dieses Seufzen und Sehnen, dieses Hangen und Bangen eben die Seligkeit der Liebe?

Specht. Je nun eine Zeitlang mag es gehen, aber ich seufze nun schon drei Jahre und das ist doch lange genug.

Anastasia (zornig). Specht, Sie können recht, recht prosaisch sein.

Specht. Als ob ich nicht Recht hätte. Wenn Sie erst meine Frau sind, ist alles gut, aber vorher peinigt mich immer die Furcht es könnte noch etwas dazwischen kommen.

Dritter Auftritt.

Vorige. Rabe (von rechts).

Rabe. Na, ihr verliebtes Volk, steckt ihr schon wieder beisammen?

Anastasia. Verliebtes Volk! Vater, wie magst du mein zartes Ohr durch solch' rauhen Ausdruck verletzen!

Rabe (gegen Anastasia durchweg schwach und nachgiebig). Na sei nicht böse, Stasi, es war nicht so schlimm gemeint. Specht, thun Sie mir einen Gefallen. Die Gräfin will herkommen um das Gewächshaus zu besehen; sagen Sie doch dem Andres: er soll den Schutthaufen dort wegschaffen.

Specht. Sprechen Sie doch einmal ein freundliches Wort für mich bei Anastasia, daß wir bald Hochzeit haben.

Rabe. Gut, aber jetzt erfüllen Sie meine Bitte.

Specht. Ich gehe. Anastasia, hören Sie auf die weisen Lehren Ihres Vaters und denken Sie an mein Seufzen und Sehnen. (Links hinten ab.)

Rabe. Recht hat er, Stasi, warum verschiebst du denn immer und immer die Hochzeit?

Anastasia. Ach Vater!

Rabe. Was soll denn das Seufzen bedeuten?

Anastasia. Ich glaube ich habe mich geirrt.

Rabe. Wie denn?

Anastasia. Specht ist nicht der Mann, den ich suche.

Rabe (erschrocken). Aber Stasi!

Anastasia. Ach der Irrthum des Herzens ist so verzeihlich. Wenn man ihn aber nicht zeitig genug erkennt, zerstört er das ganze Lebensglück des Menschen.

Rabe. Liebes Kind, als der alte Kornschreiber gestorben war, nahm ich den Specht doch nur in Dienst, weil er dir gefiel. Sagtest du nicht: er wäre der Mann deiner Träume?

Anastasia. So wähnte ich. Er war so derb und geradezu, ich glaubte in ihm das Ideal der reinsten Natürlichkeit zu finden, ich glaubte ihn durch meinen Umgang heranbilden zu können zu der wahren, zarten Empfindung, ihn dadurch zu meinem eigensten Geschöpfe zu machen. Ach es ist mir nicht gelungen! Ich hielt ihn für einen ungeschliffenen Edelstein! Ach der Edelstein ist geschwunden und nur das Ungeschliffene ist geblieben.

Rabe. Aber Herzchen, bedenke doch, du hast ihm Muth gemacht, als er sich in dich verliebte, du bist ihm entgegen gekommen, du hast gewissermaßen versprochen ihn zu heirathen.

Anastasia. Nicht so unbedingt! Er sollte meinem Ideale entsprechen.

Rabe. Hm hm er hätte eine weit bessere Stellung haben können als hier, er ist nur dir zu Liebe hier geblieben. Dabei ist er ein tüchtiger Rechner, ein gewiegter Geschäftsmann, er würde das Deinige einmal zusammenhalten.

Anastasia. Aber ihm mangelt jede Zartheit der Empfindung, ihm mangelt das Feuer der Begeisterung, er vermag sich nicht aufzuschwingen zu den lichten Höhen der Poesie.

Rabe (schmunzelnd). Was das Mädchen sprechen kann! Es ist eine wahre Freude sie zu hören. Gerade wie ihre selige Mutter! — Nun, nun, Herzchen, du bist jetzt vielleicht

verstimmt, es kommt wol eine beſſere Stunde, wo du anders
denkſt. Ihr ſeid ja eigentlich förmlich verlobt und ſo etwas
löſt ſich nicht ſo leicht. Bedenke das, Staſi, wir reden ſchon
weiter darüber. Jetzt will ich einmal nach dem Gewächs=
hauſe ſehen ob nichts herum liegt, das kann die Gräfin
nicht leiden. Biſt aber doch mein Herzblättel, Staſi. (Klopft
ihr die Wangen und geht links ab.)

Anaſtaſia (allein). Nein, nein, er iſt der Mann nicht,
dem ich angehören kann. In ſeiner Nähe ſenkt mein Genius
ſeine Flügel und mein Herz ſchließt ſich zu vor ſeinen rauhen
Worten. Wie könnte ich ihn den Schatz meiner zarten Em=
pfindungen in ſeinem vollen Umfange anſchauen laſſen!

Vierter Auftritt.
Anaſtaſia. Waldow.

Waldow (in leichter Wanderkleidung, ein kleines Ränzchen auf
dem Rücken, kommt hinten durch das Thor). Ob man hier eintreten
darf? Wo nur ein junges Mädchen Wache hält iſt der Ein=
gang ſicher unverwehrt. (Tritt näher.) Schönes Kind, ſind
Sie die Nymphe des Waldes oder die Fee dieſes Gartens?

Anaſtaſia (ſehr angenehm berührt). Weder Nymphe noch
Fee, nur eine arme Sterbliche.

Waldow (immer munter und launig). Arm iſt nicht wer
ſo ſchön iſt wie Sie, und die Sterbliche unſterblich zu machen
bin ich der Mann.

Anaſtaſia (entzückt). Wie ſoll ich dieſen freundlich=
holden Gruß verſtehen?

Waldow. Wenn ich dieſe lieblichen Züge auf meine
10*

Leinwand zaubere, wird ihr Glanz noch späteren Geschlechtern aufbewahrt bleiben.

Anastasia. So sind Sie —?

Waldow. Ein Künstler, ein reisender Maler, der die Gegend durchstreift, um zu suchen was sein Pinsel wieder= geben kann. Leider werden die Künstler auch müde, hungrig und durstig, und so muß ich mich mit der prosaischen Frage an Sie wenden ob ich hier etwas bekommen kann diesen Bedürfnissen abzuhelfen.

Anastasia. Dem gewöhnlichen Wanderer ist hier keine Stätte bereitet, aber dem Sohne der Musen stehen alle Pforten offen.

Waldow. So wollten Sie —?

Anastasia. Den durstigen Jünger Apollo's erquicken. Wollen Sie in das Haus treten?

Waldow. Hier ist ein lauschiges Plätzchen, darf ich mich hier nicht niederlassen?

Anastasia. Es ist mein Lieblingsplatz; er wird sich freuen einem Künstler Ruhe zu bieten. Belieben Sie Wein oder —

Waldow. Ein Glas Milch würde mich am besten erquicken.

Anastasia. Auch diesen idyllischen Trank kann ich Ihnen verschaffen. Ich bin gleich wieder bei Ihnen. (Im Abgehen für sich.) Das ist mein Ideal, das ist mein Ideal! (Ab in's Haus.)

Waldow (legt sein Ränzchen ab und nimmt eine kleine Mappe heraus). Das Mädchen scheint etwas überspannt zu sein. Je nun ich habe schelmische Laune genug um in ihrer Sprache.

mit ihr zu reden. Schade daß sie so hübsch ist, überspannt sollten nur die Häßlichen sein. (Setzt sich.) Ah die Ruhe thut wohl wenn man ein paar Stunden gelaufen ist. Sieh da welch prächtige Buche. Von der will ich mir doch einen Abriß machen! (Oeffnet die Mappe und zeichnet auf ein loses Blatt.) Die Gegend hier ist prächtig! Wenn ich auf dem Lande leben möchte, hier müßte es sein.

Anastasia (kommt zurück mit Milch, Brod, einem Korbe voll Aepfel. Letzteren setzt sie auf eine Bank rechts). Die Erzeugnisse der ländlichen Flur sind bereit den Künstler zu erquicken.

Waldow. Hebe kredenzt dem müden Wanderer.

Anastasia. Sie steigen zu hoch in Ihren Vergleichen. Hebe schenkte Nektar und Ambrosia, ich nur —

Waldow. Aus Ihrer Hand wird mir auch diese Milch zu Nektar.

Anastasia (für sich). Er ist entzückend!

Waldow. Ich durchstreife schon seit einigen Tagen diese Gegend ohne festen Plan, wollen Sie mir wol sagen wo ich mich befinde?

Anastasia. Am Ende des Parks von Schloß Wachen= dorf. Hinter jenen Bäumen liegt das Schloß, dieses Haus ist die Wohnung meines Vaters, des Oberinspectors.

Waldow. Der Park muß reizende Blumen erzeugen, wenn ich nach der ersten urtheilen darf, die ich sehe.

Anastasia. Sollen wir Mädchen es lieben wenn man uns mit Blumen vergleicht? Blumen sind so ver= gänglich.

Waldow. Ist denn nicht alles vergänglich in unserm irdischen Aufenthalte?

Anastasia. Nein, nein, die Kunst ist unvergänglich. Heil dem, der ihre Entzückungen begreifen, fassen kann! Waldow. Wer kommt dort vom Schlosse her? Anastasia. Es ist die Frau Gräfin mit dem jungen Grafen. Sie verzeihen, ich muß sie begrüßen. Waldow. Darf ich hier bleiben? Anastasia. Ohne Scheu, ich bin bald wieder bei Ihnen. (Geht den Kommenden entgegen.)

Fünfter Auftritt.

Waldow. Gräfin (geführt von) Adolf (von rechts). Rabe (von links der Gräfin entgegen).

Anastasia (küßt der Gräfin die Hand). Gnädige Gräfin befinden sich wohl? Sie strahlen im Lichte der vollsten Gesundheit. Gräfin. Danke, Anastasia, ich befinde mich wohl. Rabe. Hier können gräfliche Gnaden das Gewächshaus am besten übersehen. Gräfin (läßt Adolf's Arm los, betrachtet das Gewächshaus, das links hinter der Scene angenommen wird, und bleibt dabei im Hintergrund stehen, so daß der Vorgrund frei ist). Die Länge steht mit der Höhe nicht in gutem Verhältniß. Waldow (beobachtet durch die Laube gedeckt). Viel Hochmuth in den Zügen, aber doch ein hübscher Kopf. Rabe. Das findet sich bei jedem Gewächshaus. Hätten wir es höher gebaut, würden wir die doppelte Feuerung gebrauchen.

Gräfin. Ich hatte mir nach dem Plane eine andere Wirkung des Gebäudes vorgestellt.

Rabe. Das ist meistens der Fall. Die Verhältnisse machen im Großen ausgeführt eine andere Wirkung, als in der Zeichnung.

Adolf (hat aus dem Korbe rechts Aepfel genommen und mit denen wie mit Bällen gespielt. Jetzt entschlüpft ihm ein Apfel, fliegt links hinein, man hört das Geräusch eines zerbrechenden Fensters).

Gräfin (heftig). Welche Ungezogenheit! (Sieht sich um.) Ach du bist es, Adolf. (Milder.) Wie kann man so unge= schickt sein!

Adolf (verblüfft macht ein sehr verlegenes Gesicht).

Waldow (für sich, lachend). Das ist ein prächtiges Ge= sicht! (Zeichnet rasch.)

Rabe. Wollen Ew. Gnaden nicht näher treten und das Innere besehen?

Gräfin. Versteht sich. (Sieht sich um.) Wo ist Thekla?

Anastasia (sieht nach rechts). Die Comtesse sind zurück geblieben und pflücken die Kinder des Frühlings.

Gräfin. Rufen Sie sie doch, wir wollen dort herum durch das Birkenwäldchen nach dem Schlosse zurückkehren. (Mit Rabe links ab.)

Anastasia (rechts ab.)

Adolf. Ungezogenheit! Und vor den Dienstleuten scheut sie sich nicht mich wie einen Jungen zu behandeln. Es ist nicht mehr zu ertragen! Wer hilft mir, wer gibt mir Rath wie ich mich diesen schmählichen Fesseln entwinde?

Sechster Auftritt.

Vorige. Thekla (von rechts mit Blumen, eilig).

Thekla. Adolf, du bist allein hier?

Waldow (für sich). Welch ein Engelsköpfchen!

Adolf. Die Großmutter ist im Gewächshause, sie ver=
langt nach dir.

Thekla. Was fehlt dir? Du bist unmuthig?

Waldow. Dies seelenvolle Auge! (Zeichnet auf ein
neues Blatt.)

Adolf. Laß mich, du kannst mir doch nicht helfen!

Thekla. Hat dir die Großmutter wieder weh gethan?

Adolf (rauh). Soll ich es noch ein Mal erzählen was
mich empört? Geh zur Großmutter, ich komme schon
allein nach.

Thekla. Sei nur gut und habe Geduld. Du weißt
ja: sie meint es nicht so schlimm.

Adolf. Geh nur, geh. Du bekommst sonst auch noch
dein Theil. (Geht langsam nach rechts ab.)

Thekla (für sich). Armer Adolf! (Links ab.)

Waldow (erhebt sich). Wie sanft ihre Stimme klingt!
(Kommt vorsichtig hervor und sieht der Abgegangenen nach.) Diese
duftige Gestalt! Und wie schwebend ihr Gang! Wie ist
mir denn? Hat mir's die Kleine angethan? Sie gehen —
dort bei den Rosen vorbei. Gleich werden die Büsche sie
decken. Ich muß sie doch noch ein Mal sehen. (Links ab.)

Siebenter Auftritt.

Adolf (von rechts, dann) **Waldow.**

Adolf (kehrt in tiefen Gedanken zurück und geht langsam über die Bühne). Hat sie denn das Recht mich so zu behandeln? Ich könnte gegen einen Diener nicht so rauh sein. Und was muß Kunigunde von mir denken? (Stampft mit dem Fuße.) Sie muß mich für einen Schwachkopf halten. Nein, nein, ich muß fort von hier, fort um jeden Preis. Aber wie fange ich es an? Freiwillig läßt sie mich nicht gehen — besonders jetzt, wo ihr die lächerliche Heirath im Kopfe steckt! Diese Heirath! Es ist empörend! Schon um dieser willen müßte ich fliehen. O wenn ich einen Freund hätte, der mir Hülfe, der mir Rath gäbe! (Ist in Gedanken an die Laube gekommen, sein Blick fällt auf die Zeichnungen.) Was ist das? Thekla wie sie leibt und lebt. Wer hat das gemacht?

Waldow (von links). Sie ist fort, aber ich will sie nicht zum letzten Male gesehen haben, wahrhaftig nicht. (Geht langsam vor.)

Adolf (nimmt das zweite Blatt). Und hier — das bin ich — aber wie?

Waldow (steht vor Adolf). Nun?

Adolf (erregt). Haben Sie das gezeichnet?

Waldow. Ich war so frei.

Adolf. Das soll ich sein.

Waldow. Hm —

Adolf. Leugnen Sie nicht, es ist nicht zu verkennen.

Waldow. Meinen Sie?

Adolf. Aber Herr, das iſt das Geſicht und der ganze Kopf eines Schafes! Sie haben mich karifirt. Wer erlaubt Ihnen das?

Waldow. Ich könnte Sie zuerſt fragen: wer erlaubt Ihnen meine Zeichnungen anzuſehen?

Adolf. Was hier ſo offen in meinem Garten liegt habe ich wol das Recht anzuſehen.

Waldow. In Ihrem Garten? Alſo ſind Sie —?

Adolf. Graf Wachendorf.

Waldow (herzlich). Ich freue mich wirklich Sie kennen zu lernen.

Adolf. Daſſelbe kann ich nicht von Ihnen ſagen. Dieſe Karifatur iſt eine Beleidigung. Sie zeichnen mich als Schafskopf, ich werde Genugthuung fordern.

Waldow (lächelnd). Es war nicht ſo böſe gemeint. Sie machten wirklich vorhin ein ſo verlegenes Geſicht, daß ich der Luſt nicht widerſtehen konnte daſſelbe auf das Papier zu werfen.

Adolf. Als ich das Fenſter einwarf und meine Groß= mutter mich —

Waldow. Das war der Augenblick.

Adolf (ſchmerzlich). Alſo wie ein Schaf ſehe ich aus und jeder Fremde bemerkt das auf den erſten Blick. Es iſt zu arg!

Waldow. Ich finde begreiflich daß Sie etwas verlegen waren, die Bemerkung der Gräfin war allerdings ziemlich ſtark. Es ſollte mir leid thun wenn Sie meinen kleinen Muthwillen nicht vergeben könnten, da ich mich in Ihrem Hauſe einzuführen hoffe.

Adolf. Sie? Darf ich um Ihren Namen bitten?

Waldow. Ich bin Maler, außerdem Baron von Waldow.

Adolf. Sie sind Baron und Maler?

Waldow. Warum nicht?

Adolf. Weil — weil — ich glaube kaum daß meine Großmutter das passend finden wird.

Waldow. Möglich, sie sieht ganz aus als hegte sie dergleichen Vorurtheile.

Adolf. Das nennen Sie Vorurtheile?

Waldow. Es ist nichts anderes.

Adolf. Ich bin mit diesen Ansichten groß gezogen worden. (Mit immer größerer Offenheit.) Herr Baron, als ich diese Zeichnung sah, kochte mir das Blut, ich hätte Sie gern zur Rechenschaft gezogen. Aber wenn ich wirklich ein solches Schafsgesicht gemacht habe, sind Sie in Ihrem Rechte. Sie finden mein Benehmen vielleicht sonderbar. Es mag so sein. Sie leben in der Welt, Sie kommen aus der Welt, und ich — ich bin nichts als ein Landjunker.

Waldow. Warum gehen Sie nicht selbst in die Welt? Warum lernen Sie sich nicht dort Ihrer Vorurtheile ent=schlagen?

Adolf. Darf ich denn?

Waldow. Wie?

Adolf. Meine Großmutter läßt mich nicht.

Waldow. Verzeihen Sie — in Ihrem Alter —

Adolf. Nun? Sie stocken?

Waldow. Pflegt man der Erlaubniß einer Groß=mutter nicht mehr zu bedürfen.

Adolf. Nicht wahr? Und doch hält sie mich in den

schmählichsten Fesseln. Herr Baron, vielleicht sendet Sie mir mein guter Engel. Ich brauche einen Freund, ich brauche Rath, Hülfe!

Waldow (herzlich). Wenn ich Ihnen dienen kann, mit Freuden will ich es.

Adolf (immer lebhafter, hingebender). Sie wollen sich bei uns einführen?

Waldow. Der Director der Akademie sagte mir: die Gräfin verlange einen Maler, der einige Familienbilder malen solle. Da ich ohnehin nach dieser Gegend reiste, um Studien zu machen, nahm ich mir vor auf dem Schlosse vorzusprechen.

Adolf (herzlich). Sie sind willkommen, mir wenigstens hoch willkommen. Ich weiß nicht wie es kommt, aber ich habe Vertrauen zu Ihnen.

Waldow (reicht ihm die Hand). Sie werden es nicht bereuen.

Adolf. So kommen Sie, ich will Sie selbst einführen. Sehen Sie sich die Verhältnisse im Schlosse an und dann rathen Sie mir was ich thun soll.

Achter Auftritt.

Vorige. Schramm (kommt hinten durch das Gitter; er trägt einen größeren Ranzen).

Waldow. Ich nehme Ihre Freundlichkeit an. Ah sieh da kommt mein alter Diener. Heda Schramm!

Schramm (immer kurz und trocken). Hier!

Waldow. Hast du dich nach der nächsten Eisenbahn=
station erkundigt?

Adolf. Eine halbe Stunde vom Schlosse ist eine Sta=
tion, wir haben gute und bequeme Verbindung.

Schramm. So ist's!

Waldow. Gut. Wir gehen auf's Schloß und bleiben
vielleicht einige Tage dort! Nimm mein Ränzchen und meine
Mappe und bringe uns alles nach.

Schramm. Gut.

Adolf. So kommen Sie. Gehen wir hier herum, so
sehen Sie gleich den Park.

Waldow. Und das Blatt zerreißen wir!

Adolf. Nein, geben Sie es mir, ich bitte. Ich will
mich einmal später daran erinnern wie dumm ich habe aus=
sehen können.

Waldow (im Abgehen). Wie Sie wollen. Unsere Be=
kanntschaft hat sich seltsam eingeleitet, aber sie schlägt viel=
leicht dafür desto besser aus.

Adolf. Ich hoffe es.

Beide (links hinten ab).

Schramm (nimmt das Ränzchen, das Waldow in der Laube ab=
gelegt, und die Mappe).

Neunter Auftritt.

Schramm. Anastasia (von rechts vorn).

Anastasia. Nun?

Schramm. Nun?

Anastasia. Sie nehmen das Ränzchen?

Schramm. Ja!

Anastasia. Aber es gehört nicht Ihnen.

Schramm. Weiß.

Anastasia. Es gehört einem reisenden Maler.

Schramm. Weiß.

Anastasia. Wie kommen Sie dazu das Ränzchen zu nehmen.

Schramm. Ist mein Herr!

Anastasia (plötzlich sehr freundlich). Ah Ihr Herr! Wo ist er?

Schramm. Auf's Schloß!

Anastasia. Auf's Schloß? Was will er da?

Schramm. Malen.

Anastasia. Ah ich verstehe, die Frau Gräfin will Familienbilder malen lassen. Dann werden Sie wol einige Tage auf dem Schlosse verweilen, vielleicht noch länger?

Schramm. Vermuthlich.

Anastasia. Aber wollen Sie nicht etwas Platz nehmen? Sie sind gegangen, der ermüdete Körper fordert sein Recht. Kann ich Ihnen eine kleine Erfrischung bieten? Vielleicht ein Glas Milch?

Schramm (verdrießlich). Danke!

Anastasia. Ein Glas Wein?

Schramm (freundlich). Hm.

Anastasia. Ich habe ihn zur Hand.

Schramm. Wenn's sein muß.

Anastasia. Im Augenblick sollen Sie haben. (Ab in's Haus.)

Schramm (allein). Sehr zuthulich das Mädchen! Auch hübsch! 's ist heiß! Ein Glas Wein kühlt! Darf's nicht ausschlagen! Wäre unhöflich! (Lachend.) Die Leute sagen immer: ich wär' ein trockner Kerl. Muß mich doch etwas anfeuchten. Hübsch hier. Ein paar Tage Ruhe angenehm. Sind viel herumgelaufen.

Anastasia (kommt zurück mit einem großen Deckelglas voll Wein). Hier, Herr — darf ich um Ihren Namen bitten!

Schramm. Schramm.

Anastasia. Herr Schramm also. Wollen Sie sich nicht setzen?

Schramm. Danke, geht auch im Stehen.

Anastasia. Aber —

Schramm. Mein Herr erwartet mich, könnte Kleider brauchen. (Klopft mit seinem Stock auf seinen großen Ranzen.)

Anastasia. Ihr Herr scheint sehr freundlich zu sein. Aus seinen Augen leuchtet Herzensgüte.

Schramm. Ja, gut ist er.

Anastasia. Und gewiß ein großer Künstler.

Schramm. Will ich meinen!

Anastasia. Trägt er schon die süßen Fesseln der Liebe?

Schramm. Hm?

Anastasia. Ich meine ob er verheirathet ist.

Schramm (schüttelt den Kopf).

Anastasia (bei Seite freudig). Ah! (Laut.) Oder vielleicht verlobt?

Schramm (zuckt die Achseln).

Anastasia. Sie wissen es nicht?

Schramm (schüttelt den Kopf).

Anastasia. Dann ist er gewiß noch nicht getroffen von den Pfeilen des schelmischen Gottes?

Schramm (ſieht ſie verwundert an).

Anaſtaſia. Ich meine: Sie müßten es wiſſen wenn er ſein Herz verſchenkt, wenn er ſeine Hand vergeben hätte.

Schramm (nickt).

Anaſtaſia. Und Sie wiſſen nichts?

Schramm (ſchüttelt den Kopf).

Anaſtaſia (für ſich). Ah er iſt noch frei!

Schramm (hat ausgetrunken und gibt das Glas zurück). Danke!

Anaſtaſia. Wenn Sie länger im Schloſſe weilen, ver=geſſen Sie dies Haus nicht. Sie ſind mir ſtets willkommen und ein Glas Wein ſoll Sie immer freundlich begrüßen.

Schramm. Will mir's merken. Wo iſt das Schloß?

Anaſtaſia (nach rechts deutend). Hier gehen Sie am näch=ſten. Gleich hinter den Bäumen ſehen Sie es vor ſich liegen.

Schramm. Schön. (Sieht ihr wohlgefällig und ſchmunzelnd in die Augen, nickt mit dem Kopfe.) Danke! (Rechts ab.)

Anaſtaſia (allein). Er iſt noch frei! Der Wink des Schickſals führt ihn in meine Bahn! Ich fühl's am Beben meines Herzens, unſere Seelen ſind verwandt. Die Ahnungen, die in ſtillen Nächten meinen Buſen durchzogen, ſollen Wirk=lichkeit werden! Anaſtaſia, du wirſt glücklich ſein!

Zehnter Auftritt.

Anaſtaſia. Rabe (von rechts).

Rabe. Fragen und kein Ende, befehlen und kein Ende, thue doch was ich will.

Anaſtaſia. Vater!

Rabe. He?

Anastasia. Es ist entschieden!

Rabe. Was?

Anastasia. Er oder keiner!

Rabe. Ich verstehe dich nicht, Stasi!

Anastasia. Er ist da!

Rabe. Wer?

Anastasia. Der Gegenstand meiner Träume!

Rabe. Specht?

Anastasia (unwillig). Pfui!

Rabe. Aber —

Anastasia. Kein Wort mehr von ihm. Ich begreife jetzt nicht wie ich jemals an diesen denken konnte. Ein tückischer Kobold muß meinen klaren Sinn verblendet haben.

Rabe. So erkläre dich doch deutlicher, Stasi!

Anastasia. Dort saß er!

Rabe. Wer?

Anastasia. Seine Augen drangen tief in meine Seele.

Rabe. So?

Anastasia. Auf seiner hohen Stirn thront die ewige Jugend Apollo's!

Rabe. Wenn ich nur verstände!

Anastasia. Muß ich in nackter Prosa sagen was mir den Busen erfüllt?

Rabe. Wenn ich's begreifen soll!

Anastasia. Ein Maler ist angekommen, er ist im Schlosse.

Rabe. So?

Anastasia. Er ist der Mann meiner Wahl.

Rabe. So geschwind?

Anastasia. „Das ist der Liebe heil'ger Götterstrahl,
Der in die Seele schlägt und trifft und zündet,
Wo sich Verwandtes zu Verwandtem findet.
Da ist kein Widerstand und keine Wahl,
Es löst der Mensch nicht was der Himmel bindet!"

Rabe. Also du hast dich verliebt?

Anastasia. Jeder Pulsschlag ist für ihn.

Rabe. Aber er?

Anastasia. Er wird mich wieder lieben. Seine ersten
Worte verriethen mir daß auch er getroffen war von dem
heiligen Götterstrahle. Vater, das Glück deiner Tochter ist
besiegelt. Er ist Maler, ein hoher Künstler! O welche
seligen Stunden warten meiner. Ich werde sein Ideal sein!
Auf seinen unsterblichen Bildern wird er meine Züge ver-
ewigen! Er ist sicher arm, denn die Kunst wird nicht nach
Verdienst gewürdigt. Vater, welche Seligkeit wenn ich mit
meiner reichen Mitgift —

Rabe (erschrocken). Pst.

Anastasia. Was ist?

Rabe. Was sprichst du von deiner reichen Mitgift?

Anastasia. Hast du mir nicht selbst gesagt —?

Rabe. Unter dem Siegel der tiefsten Verschwiegen-
heit. Kein Mensch darf ahnen daß ich — daß ich — mir
einiges zurückgelegt habe. Versprich mir, Stasi, deine Zunge
zu hüten.

Anastasia. Gut, ich weiß zwar nicht warum, aber
ich werde dein Gebot erfüllen.

Rabe. Ueber die Sache sprechen wir noch weiter.
Specht wird sich nicht so ohne Weiteres abweisen lassen,

und ich kann ihm auch nicht so geradezu den Stuhl vor die Thüre setzen. Du wirst schon mein gutes, verständiges Mädchen sein.

Anastasia. Alles was du willst, nur hoffe nicht daß ich von meiner Liebe lasse! Denn mit Flammenschrift steht es in meinem Herzen: er oder keiner!

Zweiter Aufzug.

(Zimmer wie im ersten Aufzuge.)

Erster Auftritt.

Waldow. **Schramm** (hat rechts eine Staffelei, worauf ein Rahmen mit Leinwand zurecht gestellt).

Waldow. So, so steht sie gut. Hier ist das rechte Licht. Schramm!

Schramm. Hier?

Waldow. Wir sind jetzt vierundzwanzig Stunden hier im Schlosse. Ist dir nichts aufgefallen?

Schramm (lacht). Hm hm!

Waldow. Sprich.

Schramm. Seltsame Leute hier.

Waldow. Du hast den Kammerherrn, Baron von Felsburg, gesehen?

Schramm. Ja!

Waldow. Hast du ihn nicht wieder erkannt.

Schramm. Wohl!

Waldow. Er war voriges Jahr in Homburg.

Schramm. Richtig.

Waldow. Ich sah ihn an der Spielbank. Er leugnete da gewesen zu sein, als ich ihn daran erinnerte.

Schramm. Wird's nicht wissen lassen wollen.

Waldow. Auch meine übrigen Nachrichten über ihn stimmen. Hast du den Magister Grau, den Hofmeister angesehen?

Schramm. Kenne ihn sehr gut.

Waldow. Wie?

Schramm. Ist ja derselbe, der mit meiner Nichte —

Waldow (lebhaft). Von dem du mir erzählt?

Schramm. Er ist's! Etwas älter geworden, kannte ihn aber gleich wieder.

Waldow. Kannte er dich?

Schramm. Hat mich ein Mal gesehen, hat's längst vergessen.

Waldow (für sich). Das fügt sich wunderbar, da dämmert mir ein Plan auf. (Laut.) Hast du den Inspector beobachtet?

Schramm. Ja!

Waldow. Wie ist er dir vorgekommen?

Schramm. Wie sein Name.

Waldow. Er heißt Rabe.

Schramm. Raben stehlen.

Waldow. Alter Pfifficus! Ich gebe etwas auf deinen Scharfblick. Auch auf mich hat er diesen Eindruck gemacht. Hast du sonst nichts im Schlosse bemerkt?

Schramm. Die Bedienten horchen.

Waldow. Horchen?

Schramm. An den Thüren.

Waldow. Iſt mir lieb zu hören. Was ſprechen die Leute von der alten Gräfin?

Schramm. Je nun —

Waldow. Iſt ſie beliebt?

Schramm. Nicht ſonderlich.

Waldow. Verhaßt?

Schramm. Auch nicht. Sie iſt nicht böſe, aber herriſch!

Waldow. Gut, gut, alles wie ich dachte. Schramm, thue deine Augen auf, beobachte mir beſonders den Inſpector, ich möchte wiſſen was hinter dem Manne ſteckt.

Schramm. Gut, wird nicht ſchwer ſein.

Waldow. Wie ſo?

Schramm. Werde mich an die Tochter machen.

Waldow. Ich kenne ſie.

Schramm. Hübſch.

Waldow. O ja.

Schramm (lacht). Sehr zuthulich.

Waldow. So kam ſie mir auch vor.

Schramm. Aber — (deutet auf die Stirn).

Waldow. Wie?

Schramm. Etwas verrückt.

Waldow (lacht). Das iſt zuviel geſagt; etwas über=ſpannt von übel gewähltem Leſen. Nun gut, Alter, ich möchte hier alle Verhältniſſe klar durchſchauen und verlaſſe mich auf deine ſcharfe Beobachtungsgabe. Packe jetzt meinen Farbenkaſten aus, ich komme gleich hinauf. Die Briefe haſt du geſtern nach der Eiſenbahn beſorgt?

Schramm. Ja.

Waldow. So frage heute wieder nach ob Antwort da ist.

Schramm. Soll geschehen. (Ab.)

Waldow (allein). Thekla will mir zuerst sitzen. Thekla! Der Name ist mir früher so unbedeutend erschienen und jetzt kommt er mir vor als sei es der schönste Name, den ein Mädchen führen könne! Thekla! Welcher Wohllaut liegt darin. Thekla und Ottomar wäre ein hübscher Titel für einen Roman — warum nicht noch ein besserer für eine wirkliche Geschichte, die man nicht schreibt, die man erlebt? Wird es ein Roman bleiben oder eine wirkliche Geschichte werden? Wir wollen sehen. Schwierigkeiten sind da, aber Schwierigkeiten stählen die Kräfte.

Zweiter Auftritt.

Waldow. Adolf (durch die Mitte).

Adolf. Ich suche Sie im ganzen Schlosse, lieber Herr Baron.

Waldow. Und nun Sie mich gefunden haben —?

Adolf. Möchte ich Ihre Meinung, Ihre Ansicht, Ihr Urtheil wissen.

Waldow. Ueber was?

Adolf. Ueber meine Stellung. Sie sind schon vier=undzwanzig Stunden hier, Sie haben gesehen, beobachtet; wie finden Sie meine Großmutter?

Waldow. Die Frau Gräfin ist eine sehr achtbare Dame.

Adolf. Wer zweifelt daran? Aber —

Waldow (lächelnd). Ich weiß was Sie sagen wollen. Aber es erklärt sich leicht. Ihr Großvater scheint schwach gewesen zu sein und der Gräfin die Herrschaft überlassen zu haben, Ihr Vater starb früh, da hat sie die Herrschaft fort= geführt und so ist sie ihr zur Gewohnheit geworden. Die Gewohnheit des Herrschens macht eigenwillig, starrsinnig, keinen Widerspruch duldend.

Adolf. Aber ich, welche Rolle spiele ich neben der Herrschsucht meiner Großmutter?

Waldow (lachend). Sie kommen mir vor wie ein junges, feuriges Pferd, dem man den Kappzaum angelegt hat, das hinaus möchte in die Weite und das gezwungen wird immer in demselben Kreise zu gehen.

Adolf. Ich nehme Ihren Vergleich an. Wenn Sie mich gestern für ein Schaf hielten, wollen Sie mich doch heute schon ein edles Pferd sein lassen. Ein solches aber kann seinen Zaum zerreißen — und durchgehen.

Waldow. Ich könnt' es Ihnen eben nicht verdenken.

Adolf (knirschend). Zumal da meine Großmutter Pläne hat, Pläne, die mich rasend machen werden. Doch davon können wir hier nicht sprechen. Lieber Baron, ich bin Ihnen mit vollem Vertrauen entgegen gekommen, ich rechne auf Ihren Rath, Ihre Hülfe!

Waldow. Beides ist Ihnen sicher, aber thun Sie nichts ohne mich.

Adolf. Ich verspreche es. Still, man kommt.

Dritter Auftritt.

Vorige. Gräfin, Rabe, Grau, (von links).

Gräfin. Ah Herr Baron.

Waldow (küßt ihr die Hand). Ich habe noch nicht Gelegenheit gehabt Ihnen guten Morgen zu wünschen, Frau Gräfin.

Gräfin. Guten Morgen, guten Morgen. Was wollen Sie hier beginnen?

Waldow. Mein Diener hat die Staffelei von der Eisenbahn gebracht und ich denke hier meine Werkstatt aufzuschlagen.

Gräfin. Eine Werkstatt in diesem Saale?

Waldow. Wollen Sie lieber das unberechtigte Wort Atélier?

Gräfin. Die Sache bleibt dieselbe. Ich hatte Ihnen einen andern Saal angewiesen.

Waldow. Ich habe mir diesen Saal, ich habe mir mehrere andere Räume des Schlosses angesehen, allein das beste Licht ist hier.

Gräfin. Es ist mir nicht angenehm wenn von meinen Anordnungen abgewichen wird.

Waldow. Sie werden wol eine Ausnahme gestatten müssen, Frau Gräfin, das Licht steht außer dem Bereich Ihrer Anordnungen.

Gräfin (beißt sich auf die Lippen).

Adolf (für sich). Prächtig, das hat ihr noch niemand gesagt.

Gräfin. Ich habe Sie um Verzeihung · zu bitten daß ich Sie gestern nur mit Herr Waldow angeredet habe, erst heute erfahre ich daß Sie aus altem Hause sind.

Waldow. Darauf gebe ich nicht viel.

Gräfin (fritz). Das allerdings beweisen Sie.

Waldow. Wodurch?

Gräfin. Indem Sie Maler sind.

Waldow. Darf ich das nicht?

Gräfin. Man hält es in unsern Kreisen für unpassend für den Adel sich mit bürgerlichen Beschäftigungen abzugeben.

Waldow (immer heiter ohne beißend zu sein). Allerdings that man das früher, in dunkleren Zeiten. Wir denken jetzt ver- nünftiger.

Gräfin (gereizt). Hm — ich denke noch in vielen Dingen wie man ehedem dachte und kann Ihnen gestehen daß ich mir den Baron und den Maler nicht zusammen reimen kann.

Waldow (lachend). Und doch sehen Sie in mir beides vereinigt. Ich liebe die Kunst leidenschaftlich.

Gräfin. Aber Sie lassen sich bezahlen.

Waldow. Warum nicht? Der Arbeiter ist seines Lohnes werth.

Gräfin (höflich kalt). Ich bescheide mich darüber ein Urtheil zu haben. Ich bin vielleicht zu alt geworden, um die Gedanken der neuen Zeit verstehen zu können.

Waldow. Ich hoffe, gnädige Frau, daß Ihnen meine Malerei noch in anderem Lichte erscheinen wird. Gestehen Sie daß Sie für meine Werkstatt auch das rechte Licht nicht zu finden wußten.

Adolf (für sich). Vortrefflich!

Waldow. Ich bitte für jetzt um Urlaub, ich muß meine Farben ordnen, Gräfin Thekla will mir in einer halben Stunde sitzen. (Durch die Mitte ab.)

Adolf. Ich gehe mit Ihnen, Herr Baron. (Im Abgehen leise.) Sie sind der rechte Mann, so hat es die Gräfin noch nie gehört. (Ab.)

Gräfin (für sich). Wie ist mir denn? Er widerspricht mir auf die keckste Weise und ich dulde es? Mit dem Lichte mag er Recht haben, das wußte ich nicht, aber sonst? Hm hm sein Benehmen zeigt den noblen Cavalier — ich hätte ihm aber doch besser antworten sollen. (Bemerkt Grau und Rabe.) Ja so, ich hatte ganz vergessen — (Laut.) Herr Inspector, es bleibt bei meiner Entscheidung.

Rabe (hatte sich mit Grau ganz im Hintergrunde gehalten). Gräfliche Gnaden wissen, ich bin ein alter, gerader Mann und sage offen meine Meinung, es thut nicht gut mit dem Anbau des Riesenklees.

Gräfin. Ich habe davon gelesen und will den Versuch machen.

Rabe. Gelesen. Ja ja, da wird denn viel geschrieben von Leuten, die meinen sie verständen es in ihrer Studierstube besser als wir, die wir hinter dem Pfluge aufgewachsen sind.

Gräfin (ungeduldig). Das verstehen Sie nicht, Herr Inspector, genug ich will es so.

Rabe. Versuchen wir es doch erst im Kleinen; gelingt es nicht, haben wir nicht so großen Verlust.

Gräfin (herrisch). Wie ich bestimmt habe, zehn Morgen; Sie können gehen.

Rabe. Wohl. Ich bin ein gerader alter Mann, ich habe meine Meinung geſagt, mag es kommen wie es wolle, mich trifft keine Schuld. Unterthänigſten guten Morgen. (Ab.)

Gräfin. Ein braver, redlicher Mann der Inſpector.

Grau. Gewiß, gnädige Gräfin, nur widerſpricht er zu viel.

Gräfin. Das verbürgt mir eben ſeine Redlichkeit. Wer es nicht wagt ſeinem Herrn gegenüber eine eigene Meinung zu haben iſt ein Schmeichler und Speichellecker und darum ſtets unzuverläſſig. Sie widerſprechen mir ja auch zuweilen, Herr Magiſter.

Grau. Ich bin ein Diener des Wortes, gnädige Gräfin, und wo mir dieſes Spruch und Widerſpruch zur Pflicht macht, muß ich dieſe erfüllen ohne Menſchenfurcht.

Gräfin. Was ich auch ſtets anerkannt habe, Herr Magiſter; Sie wiſſen daß ich große Stücke auf Sie halte. Wie ſtehen Sie denn mit Ihrer zukünftigen Braut?

Grau. Ich habe noch nicht Gelegenheit gehabt das Fräulein zu ſprechen. Sie geradezu aufzuſuchen wagte ich nicht, ich mochte nicht aufdringlich erſcheinen.

Gräfin. Allein Sie müſſen ſich ihr nähern, ſonſt ſcheint es als walte hier nur Zwang ob. Wenn ſie Sie beſſer kennen lernt, werden Sie ihr gefallen, und je näher Sie einander kommen, deſto verbürgter erſcheint mir das Glück ihrer Zukunft.

Grau. Wenn Ew. Gnaden mir erlauben, werde ich das Fräulein öfter zu ſprechen ſuchen.

Vierter Auftritt.

Vorige. Kunigunde (von rechts).

Kunigunde. Sie befahlen mir vorhin Ihnen diese Papiere zu überbringen, gnädige Frau.

Gräfin. Gut, Fräulein, ich werde sie durchsehen. (Im Abgehen zu Grau.) Da finden Sie ja gleich Gelegenheit. (Links ab.)

Kunigunde (will wieder gehen).

Grau (hustet).

Kunigunde (dreht sich um). Sagten Sie etwas?

Grau. Noch nicht, indessen will ich nicht leugnen daß diese unarticulirten Töne des Hustens den Wunsch ausdrückten Ihnen etwas zu sagen.

Kunigunde (immer munter). Ich stelle meine Ohren zu Ihrer Verfügung, Herr Magister.

Grau (für sich). Sie ist reizend, ich hätte mir das Glück nicht träumen lassen. Diese prächtigen Augen!

Kunigunde (hustet).

Grau. Sie befehlen?

Kunigunde. Nichts, doch will ich nicht leugnen daß die unarticulirten Töne meines Hustens das Verlangen ausdrücken zu vernehmen was Sie mir zu sagen haben.

Grau (etwas verlegen). Verehrtes Fräulein, Sie kennen das Verhältniß, in dem wir beide stehen.

Kunigunde. Wie, Herr Magister, ich hätte mit Ihnen ein Verhältniß! Wie bin ich denn so um meinen guten Ruf gekommen?

Grau. Sie nehmen das Wort Verhältniß in einem Sinne, den ich nicht unterlegte. Ich sprach von dem Verhältnisse, in das wir beide zu einander zu treten bestimmt sind. —

Kunigunde. Ach ja, es gibt recht traurige Verhältnisse im Leben.

Grau. Sie scherzen, mein Fräulein.

Kunigunde. Ich spreche auch zuweilen ernsthaft.

Grau. Die gnädige Gräfin hat mir die schöne Aussicht eröffnet Sie als meine Gattin heimführen zu können.

Kunigunde. Halten Sie das wirklich für eine schöne Aussicht, Herr Magister?

Grau (lebhaft). Für die schönste, die mir das Leben noch geboten hat.

Kunigunde. Dann müssen Ihre übrigen Aussichten sehr trübselig gewesen sein.

Grau. Wie?

Kunigunde. Glauben Sie denn wirklich daß Sie in mir eine gute Frau bekommen würden?

Grau. Bei den Tugenden, die Sie schmücken —

Kunigunde. Ach ja, Herr Magister, davon sagen Sie mir etwas. Die Tugend ist ja das Feld, auf dem Sie arbeiten, das müssen Sie verstehen. Habe ich wirklich Tugenden?

Grau. Wenn meine Menschenkenntniß mich nicht trügt —

Kunigunde. Ach sagen Sie mir es doch; ich möchte gern aus gewichtigem Munde hören ob ich etwas tauge.

Grau. Aus Ihren Augen blitzt Geist, Ihre schöne Heiterkeit —

Kunigunde. Halt, Herr Magister, Geist und Heiter=
keit sind Eigenschaften und keine Tugenden. Von diesen will
ich hören.

Grau. Ich bin überzeugt: Sanftmuth, Demuth,
Frömmigkeit sind die hervorragendsten Eigenschaften, die
Sie zieren.

Kunigunde. Herr Magister, Herr Magister, daß Sie
sich nicht täuschen! Sanftmüthig bin ich, o ja, wenn man
mir den Willen thut. Im Gegentheile aber kribbelt mir die
Ungeduld in allen Fingerspitzen und ich kann tüchtig zanken.
Demüthig aber bin ich gar nicht; ich trage den Kopf hoch
und sehe allen Leuten keck in das Gesicht. Und was meine
Frömmigkeit betrifft, so traue ich mir selbst nicht quer über
den Weg, ich bin ein arges Weltkind.

Grau. Ei wer möchte Sie auch hindern erlaubte
Freuden zu genießen! Unter meiner liebevollen Leitung —

Kunigunde. Noch mehr Leitung? Aus der Pension
entlassen hoffte ich endlich frei zu sein, und nun wollen Sie
mich immer noch leiten?

Grau. Das nicht, indessen so weit der Mann —

Kunigunde. Herr Magister, Herr Magister! Er=
laubte Freuden, Leitung des Mannes, das will mir nicht
zu Sinne! Ich bin gewiß keine Frau für Sie. Wenn ich
mich freuen will, mag ich nicht erst um Erlaubniß fragen,
und ich freue mich gern den ganzen Tag. Ich bin muth=
willig, lache gern, necke gern und lasse mich gern necken —
eine neckische Frau Pastorin, das ginge ja nicht! Ueberlegen
Sie sich es doch recht reiflich, ehe Sie mich heirathen wollen,
ich warne Sie selbst vor mir, mehr kann ich ehrlicher Weise

nicht thun. Ich weiß nicht ob ich überhaupt zu einer Frau tauge, zu einer Frau Pfarrerin bin ich aber gewiß verdorben.

Grau (immer verlegener). Die Frau Gräfin hat bestimmt —

Kunigunde. Und da müssen Sie gehorchen! Armer Herr Magister, Sie thun mir in der Seele leid. Bekommen Sie mich wirklich zur Frau, ist Ihre Ruhe dahin. Wenn Sie studiren wollten, würde Sie mein Gesang stören, denn ich singe den ganzen Tag; wenn Sie eine recht ehrbare Amts= miene machten, würde ich drollige Gesichter schneiden, wenn Sie recht salbungsvoll sprächen, würde ich lachen — und wollten Sie mich dann auszanken, würde ich weinen. Ach Herr Magister, dann wären Sie ganz verloren, mein Weinen würden Sie noch weniger aushalten können, als mein Lachen; Sie glauben gar nicht was eine Frau im Weinen leisten kann. Noch einmal ich warne Sie vor mir. Ich kann doch nicht ehrlicher sein.

Fünfter Auftritt.
Vorige. Adolf.

Adolf (hastig, erregt). Sie hier, Fräulein?

Kunigunde (mit einem Knix). Wie Sie sehen in einem tête à tête.

Adolf (verbissen). Ich störe wol?

Grau. Durchaus nicht, Herr Graf, es war nichts Wichtiges, was das Fräulein mit mir besprach.

Kunigunde. Nichts Wichtiges? Nun wenn Ihnen die Ruhe Ihres Lebens nicht wichtig ist, mir kann es recht sein.

Adolf. Die Ruhe Ihres Lebens?

Grau (verlegen). Das Fräulein ſcherzt gern, wie Sie wiſſen. Mich rufen leider Aufträge der Frau Gräfin von hier und ſo kann ich nicht länger Zeuge des anmuthigen Scherzes ſein. (Ab.)

Kunigunde (ihm nachrufend). Die Warnung iſt Ernſt, voller Ernſt!

Adolf (mit unterdrückter Heftigkeit). Welche Warnung?

Kunigunde. Sie fragen ſehr beſtimmt, Herr Graf.

Adolf. Ich muß es. Kunigunde, iſt es wahr daß Sie dieſen Mann heirathen wollen?

Kunigunde. Ob ich will? Wie Sie auch ſprechen. Hat denn in dieſem Schloſſe jemand einen Willen?

Adolf. Sie haben Recht; meine Großmutter liebt es ihren Willen jedem andern aufzuzwingen. Wollen Sie ſich zwingen laſſen?

Kunigunde (ſchelmiſch). Je nun die Frau Gräfin hat mir ſo triftige Gründe angegeben, ich bin ein armes Mäd= chen, alſo muß ich verſorgt werden, in meinen Adern fließt kein reines Blut —

Adolf. Alſo wollen Sie?

Kunigunde. Was?

Adolf. Den Magiſter heirathen?

Kunigunde. Aber, lieber Graf, was kümmert Sie denn das?

Adolf. Was mich das kümmert? So viel daß ich es nicht dulden werde.

Kunigunde. Puh, was brauſen Sie wieder auf! Haben Sie mir nicht verſprochen ruhiger zu ſein?

Adolf. Mag ruhig sein wer es kann, wenn es sich um das Glück des ganzen Lebens handelt.

Kunigunde. Sie sind sehr freundlich so lebhaft an meinem Glücke Theil zu nehmen.

Adolf. Ja, es handelt sich um Ihr Glück, doch auch um das meinige, denn — sei es offen gesagt — Sie müssen meine Frau werden.

Kunigunde. Ich muß? Also wieder ein anderer Wille, dem ich mich beugen soll? Die Gräfin sagt: du nimmst den Magister, Sie sagen: du nimmst mich — ich bin begierig wer zuletzt Recht behalten wird.

Adolf. Kunigunde, scherzen Sie nicht.

Kunigunde. Ich scherze nicht. Wie soll ich es an= fangen diesen widersprechenden Befehlen zu gehorchen?

Adolf. Befehl, Befehl! Wer spricht davon? Ich kann nur bitten, dringend bitten und werden Sie meine Bitte nicht lieber erfüllen, als den Befehl anderer?

Kunigunde. Ich habe wenigstens die Hoffnung keine alte Jungfer zu werden, denn kaum acht Tage aus der Pension habe ich schon zwei Freier.

Adolf. Sie bleiben in Ihrer schönen, heiteren Laune, Kunigunde, während ich fiebere vor Aufregung. Hören Sie mich an. Wie ich hier im Hause stehe, wie meine Groß= mutter mich noch immer als einen Knaben behandelt, haben Sie gesehen. Aber ich fühle daß ich ein Mann geworden bin und das danke ich Ihnen.

Kunigunde. Mir?

Adolf. Lassen Sie mich ausreden. Als Sie vor acht Tagen in's Schloß kamen, empfand ich das lebhafteste Wohl=

gefallen an Ihnen. Ich war gern um Sie, mit einem
Worte, mit einem Blicke vermochten Sie mein Aufbrausen
zu mäßigen. Noch gab ich mir keine Rechenschaft über mich
selbst, als mir aber meine Großmutter gestern sagte daß ich
das Fräulein Bost heirathen solle, empfand ich den lebhafte=
sten Widerwillen gegen diesen Gedanken, und als ich vor
einer Viertelstunde erfuhr daß Sie die Gattin des Magisters
werden wollten, kam Klarheit über mich. Ich fühlte: wenn
je eine Frau die Meine werden sollte, so könne das keine
andere sein als Sie! Ich fühlte daß es mich rasend machen
würde Sie in den Armen eines andern zu wissen, ich fühlte
daß ich den Tag nicht denken mag, an dem ich Ihr liebes,
freundliches Auge nicht sähe, ich fühlte daß mein Leben
keinen Werth mehr hätte, wenn Sie daraus verschwänden.
Ist dieses Gefühl die Liebe? Ich habe es noch nicht gekannt.
Aber es muß die Liebe sein, von der ich gehört und gelesen
habe. Antworten Sie mir.

Kunigunde (leise, mit niedergeschlagenen Augen). Sie sind
so stürmisch.

Adolf. Kann ich ruhig sein wenn ich Ihnen sagen
will wie es hier wallt und siedet? Antworten Sie mir, ist
das die Liebe?

Kunigunde (gewinnt ihre Munterkeit wieder). Ja wie soll
ich denn das wissen? Ich bin ja viel jünger als Sie.

Adolf. Sie weichen mir aus. So sagen Sie mir eins:
wollen Sie die Frau des Magisters werden?

Kunigunde. Die Frage ist Ihnen nicht Ernst.

Adolf. Nicht? Sie wollen nicht?

Kunigunde. Fast möchte ich mit Ja antworten, um

12*

Sie zu ſtrafen daß Sie den Gedanken nur für möglich halten können.

Adolf. Und — (ſchüchtern) können Sie mich lieben, wollen Sie die Meinige ſein?

Kunigunde. Aber lieber Graf — (munter) ſo geradezu frägt man doch ein Mädchen nicht gleich das erſte Mal.

Adolf (naiv, verwundert). Nicht?

Kunigunde. Wiſſen Sie denn nicht daß ein Mädchen drei Mal liebt, ehe ſie es ein Mal geſteht?

Adolf (naiv). Nein, das wußte ich nicht.

Kunigunde. Das iſt uns ſo angeboren, wir machen es alle ſo. Alſo verlangen Sie von mir nicht mehr, als ein Mädchen leiſten kann.

Adolf (ſieht ſie einen Augenblick ſtarr an, dann freudig). Aber Sie ſagen nicht Nein!

Kunigunde. Ich ſage ja gar nichts.

Adolf. Aber wenn Sie mich nicht wollten, würden Sie Nein ſagen?

Kunigunde. Ich werde ganz ſchweigen, ſonſt legen Sie meine Worte noch willkürlicher aus.

Adolf. Ach beſte Kunigunde, ich ſollte vielleicht be= ſcheiden ſein und warten, aber die Umſtände drängen oder die Großmutter wird es thun. Sie wird die Einleitungen zu meiner Vermälung treffen, zu der Ihrigen. Was wollen Sie dann thun?

Kunigunde. Ich werde einfach nicht gehorchen. Ich habe der Gräfin kein entſchiedenes Nein entgegengeſetzt, weil ich ein perſönliches Zerwürfniß vermeiden wollte, ſo lange ich hier als Gaſt bin. Aber fügen werde ich mich nicht.

Adolf. Und wenn die Großmutter auf ihrem Willen besteht?

Kunigunde. Dann kehre ich in meine Pension zurück, wo ich als Lehrerin jeden Augenblick eintreten kann.

Adolf. Ich gehe mit!

Kunigunde. In die Pension? Ich fürchte Sie werden nicht hinein gelassen.

Adolf. Nicht in die Pension, aber doch in die Nähe. Hören Sie mich an, Kunigunde! Wollte ich jetzt meiner Großmutter erklären daß ich Sie zu meiner Gattin erkoren, so würde sie sich mit aller Macht dagegen setzen und ich würde nichts ausrichten. Darum muß ich fort. Ich gehe heimlich. Unter fremdem Namen gehe ich auf eine Universität und lerne was ich noch brauche. Ich fühle das ist vielerlei, denn ich will kein gewöhnlicher Landjunker bleiben. Ich gehe dann in die Universitätsstadt, wo Ihre Pension befindlich ist. Da kann ich Sie täglich sehen.

Kunigunde. Das geht nicht.

Adolf. Wie?

Kunigunde. Wir sind zwar keine Nonnen, aber etwas klösterlich halten wir uns doch abgeschlossen gegen junge Herren.

Adolf. Nun dann einen Tag um den andern.

Kunigunde. Wird nicht gestattet.

Adolf. Ein Mal dann in der Woche.

Kunigunde. Lieber Graf, gehen Sie lieber auf eine andere Universität.

Adolf. Warum denn?

Kunigunde. Sie werden da besser studiren.

Adolf. Nein, nein, zuweilen muß ich Sie sehen können. Zwei Jahre hielte ich es nicht aus Ihre liebe Stimme nicht zu hören.

Kunigunde. Zwei Jahre?

Adolf. In zwei Jahren bin ich mündig und dann kann ich meinen Willen besser gegen meine Großmutter geltend machen. Sind Sie mit meinem Plane einverstanden?

Kunigunde. Ich hätte wirklich nicht geglaubt daß Sie so hübsche Pläne machen können.

Adolf. So finden Sie ihn doch hübsch!

Kunigunde. Habe ich das gesagt? Sie sind ab= scheulich, Vetter, mich armes Mädchen so auszulocken. Ich hätte Ihnen das gar nicht zugetraut.

Adolf (fröhlich). Weil ich gestern noch ein ungeschickter Knabe war. Seitdem ich weiß daß ich Sie liebe, bin ich ein Mann geworden. Die Knospe schwillt langsam von Tage zu Tage, aber sie bricht auf in einer Stunde. Also wir sind einig?

Kunigunde. In einem Punkte, ja. Sie wollen die Ihnen bestimmte Braut nicht, ich den mir bestimmten Bräu= tigam nicht.

Adolf. Aber ich will Sie und Sie — — wollen mich?

Kunigunde. Hat es denn nicht noch zwei Jahre Zeit bis ich die Frage beantworten muß?

Adolf. Nein, nein, die Ungewißheit könnte ich nicht tragen.

Kunigunde. Nun denn acht Tage.

Adolf. In acht Tagen müssen wir beide längst fort sein.

Kunigunde. Nun denn vierundzwanzig Stunden?

Adolf (wehmüthig). Warum wollen Sie denn nicht gleich Ja sagen?

Kunigunde. Auf die erste Frage thut dies einmal kein Mädchen. (Knixt und geht rasch ab.)

Adolf. Sie thut's doch! Sie willigt doch ein! Sie hätte Nein gesagt, wenn sie nicht wollte. Warum aber quält sie mich? Und warum steht es ihr so hübsch wenn sie mich quält? Ich kenne mich selbst nicht mehr, so ist mir noch nie zu Muthe gewesen. So fröhlich, so voll Kraft und Selbstvertrauen habe ich mich nie gefühlt!

Sechster Auftritt.

Adolf. Waldow.

Waldow. Sieh da lieber Graf!

Adolf (umarmt ihn). Ich bin im Reinen mit allem. Mein Plan ist fertig. Sie müssen mir helfen ihn auszuführen.

Waldow. Was für ein Plan?

Adolf. Jetzt nicht, jetzt kann ich Ihnen nicht Rede stehen! Ich muß hinaus in's Freie, mich abzukühlen, zu überlegen. Heute Abend findet sich wol ein Stündchen, wo ich mit Ihnen allein sein kann. Jetzt lassen Sie mich! (Ab.)

Waldow (allein). Der ist verliebt. Diese halbe Verrücktheit ist ein sicheres Zeichen. Ich fühle es an mir, ich merke daß mein Verstand auch etwas aus den Fugen gehen will. Und doch muß ich ihn so nothwendig zusammenhalten, will ich mein Glück mir erobern. Es wird ein harter Kampf

mit der Gräfin werden, und doch muß ich ihn rasch beginnen, ehe sie thut was unwiderruflich ist. Süße Thekla,
so muß ich auch dich rasch zu einer Erklärung drängen, ich
kann dir nicht Zeit lassen dich zu besinnen, ich muß dich im
Sturme erobern.

Siebenter Auftritt.

Waldow. Thekla (vom) Kammerherrn (geführt).

Waldow. Ah mein gnädiges Fräulein, Sie kommen
pünktlich zur bestimmten Stunde.

Kammerherr. Es ist eine schätzenswerthe Eigenschaft
für eine Dame pünktlich zu sein, allein heute hätte ich ge-
wünscht Sie besäßen diese Eigenschaft nicht.

Thekla. Warum das, Herr Kammerherr?

Kammerherr. Ihre Pünktlichkeit unterbrach mich in
der seligsten Stunde meines Lebens.

Thekla. Ich muß bitten.

Kammerherr. Zürnen Sie mir nicht. Ein jung-
fräuliches Erröthen überfliegt Ihre Wangen! Es war nicht
meine Absicht es hervorzurufen.

Waldow. Und doch haben Sie es gethan? Ich hätte
nicht geglaubt daß Sie mit Damen so rauh umgehen
könnten.

Kammerherr. Rauh? Ich? Sie scherzen. Nie wäre
ich im Stande eine Dame anders, als mit den Zeichen der
tiefsten Verehrung anzusehen.

Waldow. Auch Pique= und Carreau=Dame, wenn sie
immer links fallen.

Kammerherr. Sie scherzen. Ich kenne diese Damen nur sehr oberflächlich, nur so weit ein Cavalier sie kennen muß, der in hohen Salons zu einem Spieltische befohlen zu werden die Aussicht hat.

Waldow (für sich). Heuchler!

Kammerherr. Nein, ich hege gegen die Damen im allgemeinen die tiefste Verehrung und weil ich eben im Begriffe war der Comtesse meine besondere Verehrung für sie darzulegen und von den süßen Aussichten zu sprechen, welche die Gräfin Mutter mir eröffnet hat, nannte ich das die seligste Stunde meines Lebens. Wahrlich ich könnte Ihnen zürnen daß Sie mich durch Ihre Sitzung so gestört haben.

Waldow. Hätte ich gewußt — ich hätte warten können. Wenn das Fräulein lieber weiter hören will wie zart Ihre Verehrung ist — Gräfin, Sie haben die Wahl.

Thekla (rasch, lebhaft). Nein, nein, ich will Ihnen sitzen, auf jeden Fall.

Waldow (immer sarkastisch). Sie sehen, Herr Kammerherr, ich bin so höflich wie möglich.

Kammerherr. Ich weiß das zu schätzen, Herr von Waldow. (Für sich.) Unerträglicher Mensch.

Waldow. Beginnen wir also die Sitzung. Darf ich Sie bitten hier Platz zu nehmen?

Thekla (setzt sich). Wie muß ich denn sitzen?

Waldow. Ich werde Ihnen das gleich sagen.

Kammerherr (setzt sich links an die Seite). Es ist nicht schwer, theuerste Comtesse!

Waldow. Wollen Sie auch mit gemalt sein, Herr Kammerherr? Etwa mit der Gräfin zusammen auf ein Bild?

Kammerherr. Das nicht, ich wollte nur der Com=
tesse Gesellschaft leisten. Es ist — verzeihen Sie — etwas
langweilig zu sitzen, und ich denke die Gräfin zu erheitern,
während Sie malen.

Waldow. Sie sind voller Aufopferung, leider bin ich
nicht in der Lage diese annehmen zu können. Wenn mir die
Gräfin sitzt, muß ich allein mit ihr sein.

Kammerherr. Allein?

Waldow (ahmt den Kammerherrn etwas nach). Ihre Unter=
haltung würde die verschiedensten Stimmungen in der
Gräfin hervorrufen, sie würde demnach fortwährend ihre
Miene ändern, so daß ich nicht im Stande wäre den rich=
tigen Ausdruck zu treffen.

Kammerherr. Allein?

Waldow. Haben Sie wirklich geglaubt daß ich bei
der Gräfin einen Dritten zulassen werde?

Kammerherr. Je nun die Künstler haben ihre Launen
und man darf ihnen darin nicht zu schroff entgegentreten.
Verzeihung, Comtesse, daß ich Sie verlasse, allein Sie sehen:
ich werde förmlich von Ihnen getrieben. (Ab.)

Waldow (für sich). Hoffentlich für immer. (Laut.) Ist
es Ihnen unangenehm daß der Kammerherr gegangen ist?

Thekla (sehr rasch). Nein, nein — (beschämt) o nein —
Sie müssen ja am besten wissen, ob ich allein mit Ihnen
sein muß.

Waldow (tritt hinter die Staffelei und nimmt den Stift). Ich
denke Sie sollen nicht allzuviel Langeweile empfinden, denn
ich habe mit Ihnen mancherlei zu reden. Den Kopf etwas
höher! Den Blick nach mir gewendet!

Thekla. So?

Waldow (den ganzen Auftritt hindurch mit der höchsten Zartheit). Vortrefflich! Der Kammerherr entfernte sich ungern. Ich kann es ihm nicht verdenken.

Thekla (seufzt).

Waldow. Bitte, Sie sind etwas aus der Stellung gekommen! Nach mir den Blick. Dieses Bild wird im Ahnensaale des Schlosses seinen Platz finden, Sie selbst aber werden das Schloß verlassen?

Thekla (seufzt tief).

Waldow. Ist Ihnen unwohl?

Thekla. Nein — nein, nein!

Waldow. Eine leichte Bläße flog über Ihre Züge! — Seltsam, ich kann die Farbe Ihres Auges nicht recht erfassen. (Geht zu ihr und schaut ihr fest in die Augen.) Erlauben Sie! Ah Sie müssen den Blick nicht niederschlagen. Bitte, heben Sie die Augenlider — so — so — nun sehen Sie ja schon wieder weg.

Thekla. Es ist so schwer!

Waldow. Was?

Thekla. Sich so fest in's Auge sehen zu lassen.

Waldow. Schwer?

Thekla. Ich kann nicht dafür wenn ich wegsehen muß, ich ertrage es nicht.

Waldow. Seltsam. Aber Sie haben vielleicht Recht. Wenn man jemandem tief in's Auge sieht, erkennt man nicht blos die Farbe des Auges, man kann auch tief, tief in das Innerste der Seele blicken. Scheuen Sie daß ich das bei Ihnen thue?

Thekla (leise). Ich — ja — nein — ich weiß es nicht.

Waldow (lebhafter). Nein, nein, Sie haben es nicht zu scheuen, denn ich lese in Ihrem Innersten die reinste Unschuld, die höchste Herzensgüte, und darum — (mäßigt sich) darum möchte ich das recht genau auf meinem Bilde aus= drücken, daß alle Welt es auf den ersten Blick erkennt. Trifft der Maler das Auge nicht, so wird sein Bild nicht ähnlich, denn im Auge liegt das Wesen des Menschen. Haben Sie das nie bemerkt?

Thekla. Ja — o ja — ich kann mir es denken — oh ist es nicht sehr heiß hier?

Waldow. Ich öffne das Fenster. So! Wollen Sie jetzt versuchen wieder Stellung zu nehmen. Mich ansehen — etwas freundlich — ich will den Mund anlegen. Ein kleiner, schöner Mund mit eigenthümlichem Ausdruck. Wissen Sie auch mit welchem?

Thekla (immer leise und schüchtern). Wie sollte ich? Wer kennt sich selbst so genau?

Waldow. Ihr Mund sieht aus als könne er nicht die kleinste Unwahrheit sprechen.

Thekla (kindlich). Das darf man auch nicht.

Waldow. Und ich bin überzeugt, wollten diese Lippen es versuchen, das Auge würde ihnen widersprechen, (warm, langsam) das liebe, redliche Auge!

Thekla (ängstlicher). Dauert es noch lange mit der Sitzung?

Waldow. Sind Sie schon müde?

Thekla. Nein — aber es ist so warm!

Waldow. Nur wenige Minuten noch bis ich die

Umrisse angelegt habe. Gehen Sie gern von Ihrer Groß=
mutter? Oder besser gesagt: gehen Sie gern als die Gemalin
des Kammerherrn von hier? Sie schweigen? Brennende
Röthe bedeckt Ihre Wangen. Ich hatte Recht mit dem, was
ich von Ihrem Munde sagte.

Thekla. Herr Baron.

Waldow. Eine Unwahrheit kann er nicht aussprechen,
und die Wahrheit wagen Sie nicht zu sagen.

Thekla. Ich bitte Sie — sind Sie noch nicht fertig?

Waldow. Noch wenige Augenblicke. (Legt sein Geräth
weg und tritt ihr näher.) Sie sind zu mir, dem Maler gekom=
men, allein ich bin nebenbei auch ein Mann, und ein Mann
hat zuweilen das Recht Fragen an ein Mädchen zu richten.
Sie lieben den Kammerherrn nicht? Sie scheuen ihn sogar?
Ja, Gräfin, was Ihr Mund verschweigt sagt Ihr Auge.
Sie scheuen den Kammerherrn, weil Ihr reiner Sinn es
ahnt daß er Ihrer unwerth ist.

Thekla (steht auf). Herr Baron, es ist doch nicht gut
mit Ihnen allein zu sein.

Waldow. Meinen Sie? Und doch lasse ich Sie nicht,
denn was ich Sie noch fragen will betrifft Ihr ganzes
Lebensglück. Die Verhältnisse zwingen mich Ihnen rascher
nahe zu treten, als ich sonst gethan haben würde. Sie
haben dem Kammerherrn nicht freiwillig Ihre Hand zugesagt?

Thekla (unwillkürlich). Ach!

Waldow. Soll ich, darf ich Sie vor ihm retten?

Thekla. Retten? Wie?

Waldow. Das war ein freudiger Schreck, er sagt Ja!

Thekla. Sie sind entsetzlich!

Waldow. Das bin ich nicht. Ich will Sie retten, aber ich kann das nur wenn Sie mir das Recht dazu geben.

Thekla. Das Recht? Wie könnte ich —?

Waldow. Ich kann nur handelnd in Ihr Leben eingreifen, wenn ich es zugleich für mich thue.

Thekla. Herr Baron — (will fort).

Waldow (immer feuriger, aber zart). Noch einen Augenblick! Ich sah Sie gestern und mein erster Blick belehrte mich daß ich in Ihnen gefunden was ich so lange ersehnt. Dann kam ich zu Ihnen, sprach mit Ihnen, haben Sie nicht gefühlt wie mein Auge leuchtete, wenn es das Ihrige traf, wie es aussprach: ich liebe dich? Sie haben es bemerkt, Sie haben es gern bemerkt, ich habe es gesehen. Die Augen verständigen sich früher, als der Mund es wagt. Und jetzt frage ich Sie noch ein Mal: darf ich in Ihr Leben eingreifen?

Thekla. Ich weiß nicht was ich Ihnen sagen soll. Was machen Sie mit mir?

Waldow (küßt sie auf die Stirn). Ich erkläre Sie für meine Braut.

Thekla. Um Gott meine Großmutter!

Waldow. Das ist meine Sorge! Jetzt, Thekla, habe ich Muth und fühle ich Kraft in mir den Kampf zu beginnen und auszufechten. Thekla, mein süßes Mädchen, meine Braut, sagst du mir kein Wort?

Thekla. Ich — ich — (schlägt die Hände vor's Gesicht, schüttelt mit dem Kopfe und läuft fort).

Waldow. Thekla, meine Thekla! Ach es gibt doch schon auf dieser Erde Seligkeit! (Ab.)

Verwandlung.
Scene wie am Schlusse des ersten Aufzuges.

Erster Auftritt.
Specht. Anastasia.

Specht. Sie weichen mir aus, Anastasia, desto mehr plagt mich der Zweifel. Ich will Gewißheit haben, also geben Sie mir eine runde Antwort. Wann soll unsere Hochzeit sein?

Anastasia. Specht, wissen Sie auch was Sie thun?

Specht. O ja, ich bin bei klarem Verstande.

Anastasia. Nein, Specht, das sind Sie nicht. Sie begehren Ihr Unglück, mein Unglück.

Specht. Nun wird es mir zu bunt. Seit drei Jahren werbe ich um Sie, seit drei Jahren nehmen Sie meine Werbung an, alle Tage werde ich verliebter — und nun soll ich mein Unglück begehren?

Anastasia. Haben Sie denn nie gelesen daß das Herz in der Liebe sich irren kann?

Specht. Wenn man jemanden drei Jahre liebt, irrt man sich nicht.

Anastasia. Doch, Specht, doch. Es gibt tückische Dämonen, die aus Muthwillen die Herzen der Menschen verwirren. Plötzlich ziehen sie den Schleier weg, mit dem sie die Augen der Menschen verblendeten und enttäuscht steht man am Abgrunde des tiefsten Elends.

Specht. Je nun Sie sind immer ein recht hübscher Abgrund. Aber wozu denn die vielen Worte? Wollen Sie mich oder wollen Sie mich nicht?

Anastasia. Wer darf sagen daß er will? Gehorchen müssen wir der inneren Stimme, die uns den Weg zum Glücke zeigt.

Specht. So? Die innere Stimme hat drei Jahre lang auf mich gewiesen, und nun weist sie wo anders hin? Habe ich's recht verstanden?

Anastasia. Zürnen Sie mir nicht, Specht, die Nebel des Irrthums sind von meinem Blicke gesunken.

Specht. Und ich soll abziehen wie der Fuchs vom Hühnerstalle, wenn die Thür zu ist.

Anastasia. Ein anderes Herz ist Ihnen bestimmt. Wer weiß wie nahe es Ihnen schon weilt, wie es bereits mit unbewußter Ahnung Ihnen entgegen schlägt.

Specht. Gut, gut, Ihre Antwort habe ich, aber es ist noch nicht die letzte. Glauben Sie ich werde so ohne Weiteres mich abweisen lassen? Ich will erst noch ein Wörtchen mit dem Vater sprechen und dann wird es sich entscheiden. (Ab.)

Anastasia (allein). Wie rauh, wie roh! Wie konnte ich jemals an diesem Manne Gefallen finden? In welch unseliger Blindheit war ich befangen? Doch um jeden Preis muß ich die Fesseln zerreißen, die mich an ihn binden. Gleich zum Vater! (Wendet sich zum Gehen.) Ach da kommt er! Meine Sonne geht auf! Wie männlich schön er ist! Er! Wie kann ein Specht sich neben ihm sehen lassen. Er geht mit dem Grafen. Sie kommen hierher! Er soll mich über=

raſchen wie Fauſt ſein Gretchen. (Geht nach der Laube links, pflückt Sternblumen und zupft ſie ab.)

Zweiter Auftritt.

Anaſtaſia. Waldow. Adolf.

Adolf. So billigen Sie meinen Plan?

Waldow. Vollkommen.

Adolf. Und wollen mir beiſtehen?

Waldow. Von Herzen gern. In meiner Wohnung finden ſich einige Zimmer für Sie und als meinem Hausgenoſſen iſt Ihnen eine angenehme Stellung geſichert.

Adolf. Mein lieber, lieber Baron. Aber Ihr Blatt mit dem Schafskopf laſſen wir einrahmen und nach zwei Jahren wollen wir ſehen ob ich ihm noch ähnlich bin.

Waldow. Doch vielleicht läßt ſich Ihr Plan ohne Flucht und Heimlichkeit ausführen.

Adolf. Wie?

Waldow. Das iſt mein Geheimniß. Bereiten Sie indeſſen Ihre Flucht vor, gelingt mein Vorhaben nicht, reiſen Sie fort.

Adolf. Wohl. Ich gehe jetzt zum Förſter, der mir behülflich ſein ſoll. Er iſt der einzige, auf den ich mich verlaſſen kann. Wollen Sie mich begleiten?

Waldow. Ich kann nicht, ich habe meinem Diener befohlen mir hierher einen Brief zu bringen, den er von der Eiſenbahn abholen ſoll.

Adolf. So laſſe ich Sie allein. Auf Wiederſehen. (Drückt ihm die Hand und geht nach hinten ab.)

Waldow (geht nach vorn). Es ist Kern in dem jungen Manne, doch in die Welt muß er auf jeden Fall, soll sich etwas aus ihm entwickeln.

Anastasia (pflückt die Sternblumen, halb für sich als sähe sie ihn nicht). Er liebt mich, liebt mich nicht, liebt mich!

Waldow. Ah so — Anastasia. Wenn ich auf ihre Schrullen eingehe, erleichtere ich vielleicht Schramm seine Nachforschungen. (Laut.) Hat das Orakel gesprochen?

Anastasia. Ach wie haben Sie mich erschreckt!

Waldow. Hat das Orakel gesprochen?

Anastasia. Glauben Sie daran daß gute Genien uns durch solches Spiel die Zukunft enthüllen?

Waldow. Wenn ich an gute Genien glaube, kann ich auch ihre Wirksamkeit nicht in Abrede stellen.

Anastasia. Und gute Genien gibt es, nicht wahr?

Waldow. Ist denn nicht für den Menschen jeder, der ihn liebt, ein guter Genius?

Anastasia. Ja, ja, o das ist ein herrlicher Gedanke. Wer uns liebt ist unser guter Genius. Und so darf ich Ihnen wünschen: möge Sie ein recht guter Genius um= schweben.

Waldow (für sich). O süße Thekla! (Laut.) Danke für den Wunsch! Wer weiß wie nahe mir seine Erfüllung!

Anastasia (für sich). Er liebt mich, ich kann nicht mehr daran zweifeln.

Waldow (in der Erinnerung). Hier war es ja, an diesem Plätzchen —

Anastasia (schmachtend). An diesem Plätzchen —

Waldow (sich besinnend). Ja, dieses Plätzchen bot mir die erste Ruhe hier durch Sie.

Anastasia (für sich). Welch zarte Andeutung!

Dritter Auftritt.

Vorige. **Schramm** (durch die Mitte).

Schramm. Herr Baron!

Waldow. Sie verzeihen, mein Diener erwartet mich. (Geht nach hinten.)

Anastasia. O diese Störung! In solchem Augenblicke!

Waldow. Hast du den Brief?

Schramm. Hier!

Waldow. Sonst nichts?

Schramm. Nichts!

Waldow. Denke daran was ich dir gesagt wegen des Inspectors. Du bist eben am rechten Orte. Sie verzeihen, mich rufen Geschäfte. Guten Morgen, Anastasia.

Anastasia (für sich). Er nennt mich bei meinem Vor= namen! O wie süß das klingt! Schon wirft er die lästigen Formen der Höflichkeit weg. Er nennt mich Anastasia! So süß habe ich den Namen noch nicht gehört!

Schramm (wischt sich den Schweiß, nimmt eine Prise und sieht sich überall um).

Anastasia. Da ist sein Diener noch. Sein Sie will= kommen, Herr Schramm!

Schramm. Danke!

Anastasia. Ihr Herr hat mir eben einen köstlichen Augenblick geschenkt. O was für ein herrlicher Mann!

Schramm. Das will ich meinen!

Anastasia. Sie lieben ihn wol sehr?

Schramm. Sehr!

Anastasia. Und kennen ihn wol schon lange?

Schramm. Gerade so lange wie er alt ist.

Anastasia. Wie?

Schramm. Habe ihn auf den Armen getragen!

Anastasia. O so sind Sie mehr als sein Diener, so sind Sie sein Freund. Sie sind eine der herrlichen Figuren echter Dienertreue, die uns die Dichter so herrlich zeichnen. O Schramm, wie liebe ich Sie darum!

Schramm (schmunzelnd). Je nun —

Anastasia. Mißverstehen Sie mich nicht, ich liebe Sie wie man das Gute, die Tugend liebt.

Schramm. Ja so.

Anastasia. Also sind Sie schon lange in der Familie?

Schramm. Bin ein Erbstück vom Vater, vom alten Baron.

Anastasia. Wie sagen Sie? Baron?

Schramm. Ja!

Anastasia. Ihr Herr ist Baron?

Schramm. Ja doch!

Anastasia. Und Maler?

Schramm. Beides.

Anastasia. Ah ich verstehe — es wäre unzart weiter zu fragen.

Schramm. Hm!

Anastasia. Wie?

Schramm. Mein Herr rief!

Anastasia. Ja, dort an der Grotte! Er winkt Ihnen!

Schramm. Richtig! (Links ab.)

Anastasia (allein). Baron und Künstler! Das ist zu viel auf ein Mal. Das Glück überschüttet mich mit seinen reichsten Gaben. Es hebt mich aus dem Staube meiner Geburt! Geistig in die Sphäre der Kunst, gesellschaftlich in die Reihen der Aristokratie.

Vierter Auftritt.

Anastasia. Rabe (aus dem Hause).

Anastasia (ihm entgegen, umarmt ihn). Vater, Vater, es ist entschieden! Dein Kind ist glücklich!

Rabe. Was hast du, Stasi? Du bist ja außer dir?—

Anastasia. Denke dir, Vater, er ist Baron.

Rabe. Wer?

Anastasia. Er! O ich denke und spreche nur von ihm, dem einzigen, den meine Seele liebt.

Rabe. Specht?

Anastasia. Vater, entweihe mein Ohr nicht mit diesem gemeinen Namen.

Rabe. Nun, nun, Stasi, du heißest Rabe. Specht und Rabe, da ist kein großer Unterschied.

Anastasia. Für den Namen, den ich von dir habe, verzeihe mir, kann ich dir keine kindliche Dankbarkeit weihen. Aber ich werde ihn wegwerfen, werde ihn vertauschen, Waldow, Baronin Waldow klingt besser. Wie wirst du stolz sein, Vater, wenn du sagen kannst: meine Tochter, die Baronin Waldow.

Rabe. Ich verſtehe dich nicht.

Anaſtaſia. Er iſt ja Baron!

Rabe. Wer?

Anaſtaſia. Der Maler, der herrliche Mann, in dem ich mein Ideal gefunden habe. Er iſt arm, vielleicht ein jüngerer Sohn. Darum ergreift er die Kunſt. O wie flammt mein ganzes Herz in ſeliger Liebe für ihn!

Rabe. Aber Specht?

Anaſtaſia. Kein Wort von dem. Lieber ſpringe ich in den See, als daß ich dieſem Menſchen nur den kleinen Finger reiche!

Rabe. Bedenke doch!

Anaſtaſia. Hier gilt kein Bedenken! Wenn die innere Stimme ſo laut und vernehmlich ſpricht, muß der kalte Ver= ſtand ſchweigen.

Rabe (von dem Gedanken des Adels mehr und mehr geſchmeichelt). Ich weiß nicht was ich ſagen ſoll. Freilich er iſt Baron, ich hörte es eben von der Gräfin — hm hm wenn du Baronin würdeſt, wenn meine Enkel — hm hm das zeigt die Sache in ganz anderem Lichte.

Anaſtaſia. Ja, Vater, es iſt eine wunderbare Fügung. Mit deinem großen Vermögen —

Rabe (hält ihr die Hand auf den Mund). Pſt, pſt!

Anaſtaſia (leiſe). Mit deinem großen Vermögen kannſt du den Glanz eines alten Namens wieder beleben.

Rabe (immer mehr auf den Gedanken eingehend). Schon recht, ſchon recht. Aber biſt du denn auch ſicher daß er dich will?

Anaſtaſia. Wie könnte ein Mädchen ſich darüber täuſchen! Wenn nicht eine Störung dazwiſchen kam, lag er jetzt schon zu meinen Füßen, lag er jetzt schon in meinen Armen! Als wir von der Liebe sprachen, rief er mit leuchtenden Augen: „wer weiß wie nahe mir die Erfüllung!" Und dabei ruhte sein liebender Blick auf mir. Dann rief er wieder: „hier war es, an diesem Plätzchen" und erröthend brach er ab, denn die echt ritterliche Männlichkeit ist schüchtern der Jungfräulichkeit gegenüber. Hier an diesem Plätzchen aber war es wo er mich zuerst sah.

Rabe. Du meinst also —?

Anastasia. Ich bin meiner Sache sicher. Vielleicht hält ihn nur noch der Gedanke an seine Armuth von einer Erklärung zurück. Wenn er aber erfährt —

Rabe. Still doch! (Schmunzelnd.) Es muß ihm also auf eine feine Weise beigebracht werden, daß er auf eine gute Mitgift rechnen kann. Ei, Stasi, mein Herzblättchen, wer hätte das gedacht! Ei ei das geht mir recht im Kopfe herum! Habe ich doch nur für dich mein Leben lang gearbeitet, mein Liebling! Und sollst Frau Baronin werden. Ei ei das ist ja vortrefflich!

Fünfter Auftritt.

Vorige. Specht.

Specht. Da treffe ich Sie ja, Herr Inspector und mit Anastasia zusammen. Da können wir ja die Sache gleich abmachen.

Rabe. Was für eine Sache?

Specht. Sie wissen es ja. Nun Anastasia, sagen

Sie es vor dem Vater gerade heraus, wann soll unsere Hochzeit sein?

Anastasia. Mein Vater kennt meinen Entschluß, Herr Specht, er mag Ihnen denselben verkünden. Ach ich bin in zu seliger Stimmung, als daß ich mich auf Auseinander= setzungen einlassen könnte. Sage ihm alles, Vater, sage es ihm mit Milde und Schonung, aber mit Festigkeit. (Ab.)

Specht (verbissen). Was werde ich denn da zu hören bekommen?

Rabe (etwas verlegen). Lieber Specht —

Specht. Lieber Specht — von allen Seiten heiße ich Specht. Sonst hieß ich Antonio und so weiter. Gut, fahren Sie nur fort.

Rabe. Sie wissen ja wie Mädchen sind. Sie ändern ihren Sinn, man weiß oft nicht warum.

Specht. So? Anastasia hat also ihren Sinn geändert? Das heißt sie will mich nicht mehr.

Rabe. Nehmen Sie die Sache wie ein ruhiger, ver= ständiger Mann. Was soll ich mit dem Mädchen machen? Soll ich sie zwingen? Würden Sie dann glücklich mit ihr sein, wenn sie nur gezwungen Ihre Frau würde?

Specht (mit unterdrücktem Grimme). Also Sie stimmen ihr bei, Sie weisen mich auch ab?

Rabe. Es thut mir leid, aber das Glück seiner Tochter ist doch für einen Vater die erste Rücksicht.

Specht. So, so! Das Glück der Tochter. Drei Jahre lang war ich gut genug zu dem Glücke und nun auf ein Mal — das geschieht nicht im Handumdrehen, da ist mir ein anderer in den Weg gekommen.

Rabe. Nicht doch —

Specht. Leugnen Sie nicht, ich muß es doch erfahren.

Rabe (vertraulich). Nun ja denn, der Baron Waldow, der Maler ist es, der sie liebt, dem sie wieder gut ist — aber ich bitte Sie — tiefstes Geheimniß vor der Hand! Nun sehen Sie doch selbst, wenn meinem einzigen Kinde ein solches Glück beschieden ist, wenn sie Frau Baronin werden kann, soll ich ihr in den Weg treten? Schlagen Sie sich das Ding aus dem Kopfe. Es gibt ja Mädchen genug. Sie finden leicht eine andere, die auch besser für Sie paßt. Wenn ich Ihnen helfen kann — ich will Ihr Freiwerber werden.

Specht. Danke, Herr Inspector, für den guten Willen.

Rabe. Sie sind jetzt etwas ärgerlich, das wird sich legen. Wer weiß ob es nicht zu allseitigem Besten ist daß es sich so gemacht hat. Mit uns beiden bleibt es ja doch beim Alten. Noch ein Mal, schlagen Sie sich's aus dem Sinne. (Ab in's Haus.)

Specht (hämisch). Meinst du, alter Schwachkopf! Du könntest dich irren! Ich liebe dich nicht mehr, du dumme, hochmüthige Dirne, aber rächen will ich mich, an dir und an dem Alten! Ihr sollt mich nicht umsonst genarrt haben. Aber wie fange ich es an? Wie komme ich an die Gräfin? Und wie kann ich mich selbst sichern? Da kommt der alte Diener des Barons — halt, durch den geht der Weg.

Sechster Auftritt.

Specht. Schramm.

Schramm (sieht sich überall um). Hm.

Specht. Suchen Sie etwas?

Schramm. Sie war doch eben hier.

Specht. Wer?

Schramm (auf's Haus deutend). Die Tochter.

Specht (hämisch). Ah ich verstehe, Sie haben eine Be=
stellung.

Schramm. Ich?

Specht. Vom Herrn Baron.

Schramm. Wie?

Specht. Sie brauchen mir kein Geheimniß daraus zu
machen, der Alte hat es mir selbst gesagt.

Schramm (verwundert). Der Alte?

Specht. Eben hier vor wenig Minuten.

Schramm. So? (Wird aufmerksam, ohne aus seinem gleich=
gültigen Tone zu fallen.)

Specht. Na mir kann's recht sein; aber um Ihren
Herrn — ich will nichts weiter sagen, aber es thut mir
leid um ihn.

Schramm. Um meinen Herrn?

Specht. Nun ja, wenn er sich wirklich mit der
Familie einläßt?

Schramm. Einläßt?

Specht. Halten Sie etwas auf Ihren Herrn?

Schramm. Denke doch.

Specht. Dann warnen Sie ihn.

Schramm. Wovor?

Specht. Nun vor dem Inspector. Ihr Herr ist denn
doch ein Edelmann, ein braver, rechtschaffener Herr, wenn
der wirklich in Verbindung träte mit — — na mit dem
Inspector, er könnte um Ehre und guten Ruf kommen.

Schramm. Also der Inspector ist — —

Specht. St, nicht so laut! Er könnte uns hören.

Schramm (ebenfalls leise). Wer beweist's?

Specht. Ich. Zwar eigentlich sollte ich schweigen, denn es geht mich nichts an, aber ich mag doch Ihren Herrn nicht so in's Verderben rennen sehen.

Schramm. Beweise.

Specht. Hm. (Sieht sich überall um und nimmt vorsichtig einen Wechsel aus der Tasche.) Lesen Sie.

Schramm (liest). Vierzehn Tage nach —

Specht (hält ihm den Mund zu). Still um Gotteswillen!

Schramm. Das ist stark!

Specht. Das ist der letzte Wechsel, noch andere sind vorher ausgestellt worden.

Schramm. Wenn Sie noch mehr beweisen können —

Specht. Ich kann's! Kommen Sie mit auf meine Stube, da sind wir ungestört!

Schramm. Gehen wir.

Specht (im Abgehen — hämisch nach dem Hause). Du sollst nicht Frau Baronin werden, ich stecke dir einen Riegel vor.

Beide (ab).

Dritter Aufzug.

(Zimmer im Schlosse wie vorher.)

Erster Auftritt.

Philipp

(horcht an der Thüre links).

Sie ist wieder gut im Gange, die Alte. Möchte die langen Predigten nicht mit anhören müssen.

Zweiter Auftritt.

Philipp. Rabe (durch die Mitte).

Rabe. Pst, Philipp!

Philipp (legt den Finger auf den Mund).

Rabe (leise.) Was ist heute für Wetter?

Philipp (leise). Weiß noch nicht. Die Fräulein sind bei ihr um guten Morgen zu sagen. Sie spricht laut und feierlich, das thut sie aber immer.

Rabe. Hm ich brauche sie heute bei guter Laune. Habe da ein paar Rechnungen, daß ihr die Augen übergehen werden, die darf ich ihr nicht vorlegen, wenn sie schlecht gestimmt ist.

Philipp. Ich kann noch nicht sagen wie die Laune ist.

Rabe. So will ich noch warten. He Philipp, noch eins.

Philipp. Nun?

Rabe. Haben Sie nichts von dem Baron, dem Maler bemerkt?

Philipp. Was soll ich von dem bemerkt haben?

Rabe. Hm ob er nicht ein Wort hat fallen lassen — er oder sein alter Diener —

Philipp. Von was denn?

Rabe. Hm hm — na wenn Sie nichts gehört haben ist es gut. Wenn Sie aber etwas hören sollten —

Philipp. Erfahren Sie es auf der Stelle, versteht sich.

Rabe. Gut, Philipp. Da fällt mir ein, habe gestern eine Sendung Cigarren bekommen, ist auch ein Kistchen für Philipp dabei.

Philipp. Danke, Herr Inspector, werde mir's holen.

Rabe. Guten Morgen indessen. (Ab.)

Philipp. Kommen zur rechten Zeit die Cigarren, mein Vorrath ging auf die Neige. (Horcht wieder.) Hoho das klingt ja sehr bestimmt. Der Thürvorhang dämpft aber die Stimme, man kann nichts verstehen. „Vormund" — „wird die Sache in die Hand nehmen" — bringe keinen Zusammenhang hinein.

Dritter Auftritt.

Philipp. Kammerherr.

Kammerherr. Pst, Philipp!

Philipp. Ah Herr Kammerherr!

Kammerherr (immer leise, wie Philipp auch). Etwas Neues?

Philipp. Die gnädige Gräfin ist noch in ihrem Zimmer.

Kammerherr. So so. Haben Sie nichts von dem Baron Waldow bemerkt?

Philipp. Von dem Maler? Sein alter Diener ist mehrmals nach der Eisenbahn gewesen, jedenfalls hat er da Briefe geholt.

Kammerherr. Verdammt! Wären sie in der gewöhnlichen Posttasche gebracht worden, so hätte man doch sehen können woher sie kommen.

Philipp. Und hätte sie vorher lesen können. Wir verstehen es ja so gut Briefe zu öffnen und wieder zu verschließen.

Kammerherr. Sonst nichts?

Philipp. Hm ich weiß nicht ob ich's sagen darf.

Kammerherr. Nur heraus damit.

Philipp. Der Maler ist gestern Abend eine Stunde mit Gräfin Thekla im Garten spazieren gegangen.

Kammerherr. Verdammt!

Philipp. Mir kam es auch vor als suchten sie die Wege, wo sie am wenigsten bemerkt werden konnten.

Kammerherr (für sich). Ein unerträglicher Mensch. Er sieht mich immer mit so scharfen, spöttischen Blicken an. Wenn er mir bei Thekla in den Weg träte, es wäre zum rasend werden.

Philipp. Ich kann mich auch geirrt haben.

Kammerherr. Nein, nein, Philipp, geben Sie nur genau Acht und lassen Sie mich alles wissen. (Gibt ihm Geld.)

Philipp. Danke, Herr Kammerherr, Sie können sich auf mich verlassen.

Kammerherr. Weiß schon, guter Philipp, weiß schon. (Für sich.) Er muß aus dem Schlosse um jeden Preis. (Ab.)

Philipp. Ein Thaler. Glänzend zahlt der Kammerherr eben nicht, indessen man muß mitnehmen was man bekommen kann.

Vierter Auftritt.

Philipp. Grau.

Grau. Ist die gnädige Gräfin schon sichtbar?

Philipp. Noch nicht, Herr Magister, sie wird auch diesen Morgen wenig zu sprechen sein, denn sie will sich malen lassen.

Grau. So? Ich glaubte daß erst Fräulein Thekla —

Philipp. Nein, sie hat sich anders besonnen, sie will zuerst gemalt sein.

Grau. Gut, so will ich auch nicht stören. (Will gehen.)

Philipp. Still, die Thüre öffnet sich! (Entfernt sich langsam.)

Fünfter Auftritt.

Vorige. Kunigunde (von links).

Grau. Ah mein verehrtes Fräulein.

Kunigunde (mit tiefem Knix). Ah mein verehrter Herr Magister.

Grau. Ach wenn ich nur erst einen traulicheren Gruß von Ihnen zu hören bekäme.

Kunigunde. Wie könnte ich mich unterfangen —?

Grau. Da ich doch so glücklich sein soll —

Kunigunde. Sie sollen glücklich sein, Herr Magister? Ach wer doch auch so weit wäre!

Grau. Was in meinen schwachen Kräften steht —

Kunigunde. Haben Sie wirklich so schwache Kräfte? Ich dachte ein Gelehrter müsse das Glück mit vollen Händen ausstreuen können!

Grau. Meine Gelehrsamkeit würde Ihnen wenig Vergnügen bereiten, aber meine herzliche, echt christliche Liebe —

Kunigunde. Pst, Herr Magister, Sie sind so stürmisch. Am Ende wollen Sie mir hier eine Liebeserklärung machen, dicht vor den Zimmern der Frau Gräfin. Wie schickt sich das?

Grau. Aber wo kann ich Sie einmal finden, um Ihnen zu sagen wie sehr mich Ihre Liebenswürdigkeit gefesselt hat.

Kunigunde. Ich werde Ihnen doch kein Stelldichein geben sollen?

Grau. Und doch ist es nothwendig daß wir uns einmal aussprechen.

Sechster Auftritt.

Vorige. Adolf (durch die Mitte).

Adolf (heftig). Holla, Herr Magister, was soll das?

Grau. Wie belieben Sie, Herr Graf?

Adolf. Sie nahen sich der Dame auf sehr zudringliche Weise.

Kunigunde. Aber Adolf — Herr Graf.

Adolf. Mir scheint daß Sie dem Fräulein lästig fallen.

Grau. Lästig? Bei den Beziehungen —

Adolf. Was Beziehungen! Ich will nichts von Ihren Beziehungen wissen.

Grau. Erlauben Sie, die Frau Gräfin —

Adolf. Schon gut, das wird sich finden. Vor der Hand thäten Sie am besten das Fräulein in Ruhe zu lassen.

Grau. Sie sprechen in einem Tone, auf den ich am wenigsten hier in Gegenwart einer Dame antworten kann. Ich werde einen andern Zeitpunkt abwarten, um mir darüber eine Erklärung auszubitten. (Ab.)

Kunigunde. Aber, Vetter, welche Heftigkeit.

Adolf. Das Blut siedet mir, wenn ich den Schleicher sich Ihnen nahen sehe. Es soll niemand mit Ihnen vertraulich sprechen, das ertrage ich nicht.

Kunigunde. Bester Graf, das müssen Sie lernen.

Adolf. Was?

Kunigunde. Daß man freundlich mit mir spricht. Ich müßte ja sonst jede Geselligkeit entbehren.

Adolf. Nun gut, mögen andere mit Ihnen freundlich sein, nur nicht dieser Mensch, der Rechte auf Sie zu haben glaubt. Nun waren Sie bei der Großmutter? Haben Sie ihr offen erklärt?

Kunigunde. Ich habe.

Adolf. Und ihre Antwort?

Kunigunde. Sie hielt mir eine lange Rede, worin sie mir erklärte daß sie keinen Widerspruch dulde und daß sie an meinen Vormund schreiben werde, der mir den Kopf zurecht setzen solle.

Adolf. Ich dachte es. Ihr Starrsinn ist nicht zu beugen. Sie sehen es bleibt uns nichts übrig als die heim= liche Flucht.

Siebenter Auftritt.

Vorige. Waldow.

Waldow (hat die letzten Worte gehört). Noch nicht!

Adolf. Ah Sie sind es!

Waldow. Warten Sie noch diesen Vormittag ab. Scheitere ich mit meinem Plane, helfe ich Ihnen heute Abend selbst fort.

Adolf. Gut, ich bereite alles dazu vor, thun Sie dasselbe, Kunigunde, denn das Vorhaben meiner Großmutter Eigenwillen zu brechen ist unausführbar.

Waldow. Wir werden sehen. Jetzt aber ziehen Sie sich zurück, denn die Stunde ist da, wo die Gräfin mir sitzen will.

Kunigunde. Eine heimliche Flucht mit dem Anschein einer Entführung! Das ließt sich in Romanen so hübsch, wir werden nun erfahren ob es auch in der Wirklichkeit so ist.

Waldow. Fort, fort, ich höre kommen, die Gräfin darf uns nicht beisammen sehen.

Adolf. Kommen Sie, kommen Sie! (Mit Kunigunde ab.)

Waldow. Die Stunde naht, nun Gott der Liebe stehe mir bei. Sie kommt.

Achter Auftritt.

Waldow. Thekla (von links).

Waldow. Nein, es ist die Beherrscherin meiner Gedanken. (Rasch auf sie zu.) Wie herrlich daß ich Ihnen erst
noch guten Morgen sagen kann, mein theures Mädchen.

Thekla. Ach!

Waldow. Sie seufzen?

Thekla. Die Großmutter!

Waldow. Was ist's mit ihr?

Thekla. Sie hat mir eben auf das Bestimmteste erklärt daß ich des Kammerherrn Gattin werden müsse. Mir
ist alle Hoffnung geschwunden.

Waldow. Den Kopf in die Höhe, liebes Mädchen, in
wenig Stunden entscheidet sich vielleicht alles.

Thekla. Auch zum Guten?

Waldow. Was ist das Gute?

Thekla (wendet sich verschämt ab).

Waldow (sehr zärtlich). Wollen Sie mir das nicht
sagen?

Thekla. Ich muß fort, die Großmutter wird gleich
kommen.

Waldow. Noch ein Wort. Ist es gut wenn Sie die
Meinige werden? Nun? Kommt kein Ja über diese süßen
Lippen?

Thekla (sieht ihn an, nickt mit dem Kopfe und läuft fort).

Waldow. Liebreiz und Unschuld vom Kopf bis zur
Ferse! Und dieser Schatz sollte in solche Hände kommen?

14*

Niemals, eher greife ich zu den äußersten Mitteln. Ah die Thüre öffnet sich.

Neunter Auftritt.

Waldow. Gräfin (von links).

Gräfin. Guten Morgen, Herr Baron.

Waldow. Ich nehme Ihren Gruß in der ernstesten Bedeutung. Sei uns der heutige wirklich ein guter Morgen.

Gräfin. Das klingt ja sehr feierlich.

Waldow. Wir Künstler gehen mit Ernst an ein neues Werk. Ich wünschte in Ihrem Bilde eine recht gelungene Arbeit zu liefern.

Gräfin. Ich weiß nicht ob in diesem Wunsche etwas Schmeichelhaftes für mich liegt.

Waldow. Warum nicht? Wir Maler gehen nicht mit gleicher Liebe an jeden Kopf.

Gräfin. Ah so, das ist verbindlich. Wo und wie soll ich sitzen?

Waldow. Hier! Den Kopf etwas seitwärts — so — den Blick auf mich gerichtet. Und wenn ich bitten darf die ganze Haltung weniger steif.

Gräfin. Erlauben Sie, meine Haltung ist nicht steif, sondern nur gerade. Wer anderen zu gebieten berufen ist muß das schon durch seine Haltung zeigen.

Waldow. Ah so, Sie wünschen daß man in Ihnen sogleich die Gebieterin erkenne?

Gräfin. Allerdings. Finden Sie den Wunsch nicht begreiflich?

Waldow. Offen gestanden, Frau Gräfin, habe ich über das Gebieten meine eigene Meinung, die schwerlich mit der Ihrigen übereinstimmt.

Gräfin. Wie so?

Waldow. Bitte, behalten Sie die Stellung. Ich halte es für sehr schwierig und darum für sehr mißlich vielen zu gebieten.

Gräfin. Worin läge die Schwierigkeit, die Mißlichkeit?

Waldow. Wenn der Gebietende nur seinen eigenen Willen zur Geltung bringen will, wird er leicht eigenwillig, ja starrsinnig.

. Gräfin. Und wenn das mehr oder weniger der Fall wäre, was schadete das am Ende?

Waldow. Daß der Gebietende seinen eigenen Willen doch nicht durchsetzt, während er in dem Wahne lebt es zu thun.

Gräfin. Oho! Das wäre mir neu.

Waldow. Achtet man den berechtigten Willen anderer nicht, handelt man stets nach eigenem Ermessen, so stößt man entweder auf offenen oder auf versteckten Widerstand, der sich durch List und Betrug geltend zu machen sucht.

Gräfin (selbstgefällig). Je nun, Herr Baron, ich gebiete hier seit fünfunddreißig Jahren unumschränkt und habe meinem Willen stets nach allen Seiten hin Geltung ver= schafft.

Waldow. Meinen Sie?

Gräfin. Sie zweifeln?

Waldow. Ich zweifle.

Gräfin (lächelnd, übermüthig). Wenn Sie noch einige Zeit

hier sind, werden Sie sich überzeugen daß hier nur geschieht was ich befehle.

Waldow. Ich könnte Ihnen das Gegentheil beweisen. Bitte, verändern Sie die Stellung nicht.

Gräfin. Ich bitte um diesen Beweis.

Waldow. Sie wollen daß Ihr Enkel Adolf Fräulein von Bost heirathe?

Gräfin. So ist's.

Waldow. Allein Ihr Enkel will nicht.

Gräfin. Wie?

Waldow. Sie wollen ferner daß Fräulein Kunigunde den Magister Grau heirathe?

Gräfin. Allerdings.

Waldow. Allein sie will nicht.

Gräfin. Sie sträubt sich, doch das wird sich finden.

Waldow. Sie wollen endlich daß Ihre Enkelin dem Kammerherrn sich vermäle?

Gräfin. Ja, ja!

Waldow. Allein sie will nicht. Sie sehen, bei den wichtigsten Anordnungen für Ihr Haus stoßen Sie auf den entschiedensten Widerstand.

Gräfin. So, so! Sie sagen mir da ja recht hübsche Neuigkeiten. Nun es wird sich ja zeigen wer seinen Willen durchsetzt.

Waldow. Sie nicht, Frau Gräfin.

Gräfin (steht auf, heftig mit dem Stocke stampfend). Meinen Sie?

Waldow. Bitte, Frau Gräfin, Sie kommen ganz aus der Stellung.

Gräfin. Lassen Sie jetzt das Malen, Herr Baron. (Etwas höhnisch.) Sie scheinen ja sehr plötzlich der Vertraute meiner Enkel geworden zu sein, ich bitte Sie also um nähere Auskunft. Wenn die jungen Leute nicht wollen was ich befohlen habe, was wollen sie denn?

Waldow. Graf Adolf will sich mit Fräulein Kunigunde vermälen.

Gräfin. Lächerlich! Ihre Mutter war eine Bürgerliche! Doch ich will deßhalb mit Ihnen nicht streiten, ich weiß wie freigeisterisch Sie darüber denken. Was aber will denn meine Enkelin?

Waldow. Gräfin Thekla will mich.

Gräfin. Wie?

Waldow. Will mich. Ich bin daher so frei hiermit förmlich um die Hand Ihrer liebenswürdigen Enkelin zu werben.

Gräfin (höflich, kalt). Sie kennen meine Anordnungen bezüglich des Kammerherrn.

Waldow. Ich lasse mich so leicht nicht aus dem Felde schlagen, und da das Gespräch einmal diese Wendung genommen hat, erlauben Sie mir erst von mir selbst zu sprechen. Sie hegen ein Vorurtheil gegen mich, weil ich, von altem Adel, eine Kunst treibe. Wohlan denn. Ich bin nicht übermäßig reich, besitze aber Vermögen genug um sorgenfrei und auch nicht ohne etwas Glanz leben zu können. Ich treibe meine Kunst, weil ich sie glühend liebe und weil ich Arbeit für ehrenvoll halte selbst für den Höchstgebornen. Ich würde mich auch nicht scheuen, wäre ich arm, mir des Lebens Unterhalt durch meine Kunst oder sonstige Arbeit zu

erwerben, denn ich halte das für ehrenvoller, als sich durch
erbettelte Pensionen oder Unterstützung von Standesgenossen
ernähren zu lassen. Jetzt lasse ich mir meine Kunst bezahlen,
weil ich mir dadurch die Mittel erwerbe hier und da anderen
in höherem Maße nützlich sein zu können, als ich es viel=
leicht sonst vermöchte. Ich liebe Ihre Enkelin mit aufrich=
tiger, warmer Neigung und auch sie ist mir gewogen. Jetzt
entscheiden Sie.

Gräfin (höflich steif). Herr Baron, so schätzbar mir
Ihr Antrag unter andern Umständen sein würde, so kann
ich mich doch nicht bewogen finden von meinen einmal ge=
troffenen Anordnungen abzugehen. Meines Enkels und
Kunigundens Widerstand werde ich zu brechen wissen.

Waldow (ruhig). Das wird Ihnen nicht gelingen.

Gräfin (heftig). Wie?

Waldow. Fräulein Kunigunde kehrt nach ihrer Pension
zurück und Sie werden sie daran nicht hindern können.
Ihr Enkel verläßt noch heute Abend das Schloß, um unter
fremdem Namen auf einer Universität die Studien zu machen,
die ihm noch nöthig sind. In zwei Jahren ist er mündig
und dann, Frau Gräfin, wird er im schlimmsten Falle das
Gesetz gegen Sie anrufen.

Gräfin (mit unterdrückter Heftigkeit). Das ist ja eine förm=
liche Verschwörung. Ich will nicht untersuchen, Herr Baron,
welchen fördernden Antheil Sie an derselben haben, jeden=
falls bin ich Ihnen dankbar für die Offenheit, mit welcher.
Sie mir die verrätherischen Pläne enthüllten, denn nun
kann ich sie durchkreuzen. (Will fort.)

Waldow. Einen Augenblick, Frau Gräfin. Ich habe

Ihnen jetzt den offnen Widerstand gezeigt, auf den Sie stoßen, es ist mir noch übrig Ihnen auch den versteckten zu enthüllen.

Gräfin. Wie?

Waldow. Ich will Ihnen zeigen daß Sie im Irrthum waren, als Sie seit fünfundzwanzig Jahren wähnten daß stets nur Ihr Wille geschehe, will Ihnen zeigen daß man Sie immer betrogen und hintergangen hat.

Gräfin (übermüthig). Lächerlich! Bei meiner geistigen Ueberlegenheit sollte ich betrogen werden können? Was mich umgibt hegt die tiefste Ehrfurcht vor mir. Wer könnte es nur wagen mich zu hintergehen?

Waldow. Ich biete Ihnen eine Wette an.

Gräfin. Eine Wette?

Waldow. Wenn ich Ihnen vollständig beweise was ich gesagt habe, so geben Sie den Wünschen Ihrer Enkel nach.

Gräfin (übermüthig). Das nehme ich ohne Bedenken an. Wenn Sie beweisen, ja.

Waldow. Gut, Frau Gräfin. — Es ist für einen einzelnen Menschen unmöglich nur nach seinem Willen zu herrschen. Ihr Wille war sicher immer der beste, war er aber auch immer der richtige?

Gräfin (betroffen). Wie?

Waldow. Damit der eigene Wille in allen Fällen der richtige sei, muß man eine Einsicht besitzen, die ein einzelner nicht leicht hat. Man muß ferner einen Scharfblick, eine Beobachtungsgabe, eine Menschenkenntniß besitzen, die gleich= falls bei einem einzelnen sich nicht leicht finden. Sind diese Eigenschaften nicht im vollkommensten Maße bei dem Herr=

schenden vorhanden, so verstehen es die Untergebenen durch
List und Betrug den Gebieter nach ihren Absichten zu lenken.
Er glaubt seinen Willen zu thun und thut doch nur den
Willen anderer. Mit einem Worte er ist der Spielball des
Betrugs.

Gräfin. Und das wäre bei mir der Fall? Beweise,
Beweise!

Waldow. Zunächst muß ich Ihnen mittheilen daß
Sie von Spionen umgeben sind. Ihre Dienerschaft ist
größtentheils bestochen, (immer leiser) an Ihren Thüren wird
gehorcht, Sie werden stets belauert, Ihre Stimmung und
Laune ist stets im ganzen Schlosse bekannt, und je nachdem
meidet man Sie oder nähert sich Ihnen.

Gräfin. Das wäre ja abscheulich!

Waldow. Ich werde es Ihnen zeigen. (Geht vorsichtig
auf der Seite nach hinten, gewinnt die Mittelthüre und öffnet diese plötzlich.)

Zehnter Auftritt.

Vorige. Philipp (kauert hinter der Thüre in horchender Stellung).

Waldow. Hier ist ein Beweis!

Gräfin (heftig). Philipp! Was machen Sie da?

Philipp (stotternd). Ich — ich —

Waldow (leise). Ruhig, Frau Gräfin. Dieser Mensch
steht zu niedrig, als daß Sie ihn weiter befragen sollten.
Wollen Sie mir erlauben ferner zu handeln?

Gräfin (heftig). Ja, ja, ja, ja!

Waldow. Rufen Sie den Inspector Rabe und den
Magister Grau, sie sollen im Vorzimmer die Befehle der

Frau Gräfin erwarten. Auch meinen Diener Schramm be=
stellen Sie dahin.

Philipp (schließt die Thür).

Gräfin. Was soll das alles?

Waldow. Sie werden es gleich sehen. Der Kammer=
herr, der Inspector und der Magister Grau sind die Per=
sonen, die Ihnen am nächsten stehen und denen Sie Ihr
unbedingtes Vertrauen schenken. Ist's nicht so?

Gräfin. So ist es.

Waldow. Und doch sind diese Menschen, die Sie
für Ehrenmänner halten, Betrüger und Ihres Vertrauens
gänzlich unwerth.

Gräfin. Herr Baron, an Ehrenmänner tritt die Ver=
leumdung am liebsten heran.

Waldow. Sie besitzen Scharfsinn genug um Ver=
leumdungen zu durchschauen und die Wahrheit zu erkennen.
Ich werde meine Behauptungen beweisen.

Gräfin. Wenn Sie das könnten, wenn diese drei —
nein, nein, das ist ja nicht möglich.

Waldow. Nur kurze Geduld, die Betheiligten werden
bald hier sein.

Elfter Auftritt.

Vorige. Kammerherr.

Waldow. Ah einer meldet sich von selbst.

Kammerherr. Es war niemand im Vorzimmer,
Verzeihung für mein dreistes Eintreten. Ich komme, theure

Gräfin, Ihnen einen guten Morgen zu wünschen und mich zu erkundigen wie Sie geruht haben.

Gräfin. Ich habe einen sehr unangenehmen Morgen, Kammerherr und auch Sie sind in diese Unannehmlichkeit verwickelt. Doch hoffe ich Sie werden der Anklage gegen= über gerechtfertigt dastehen.

Kammerherr. Wie, hat die Verleumdung auch bis zu Ihnen den Weg gefunden? Soll mir auch noch Ihre Huld geraubt werden?

Gräfin. Ich hoffe selbst, ja ich bin überzeugt daß es sich als eine Verleumdung herausstellen wird, was man gegen Sie vorbringt. Da steht Ihr Ankläger!

Kammerherr. Sie, Herr Baron?

Waldow. Ich, Herr Kammerherr.

Kammerherr. Ich erstaune!

Gräfin (ungeduldig). Zur Sache!

Waldow. Frau Gräfin, Sie wollten diesem Herrn Ihre Enkelin, dieses Musterbild von reiner Jungfräulichkeit zur Gemalin geben, demnach hielten Sie ihn für einen recht= schaffenen, streng sittlichen Menschen.

Gräfin. Das ist ja selbstverständlich, selbstverständlich!

Waldow. Nun denn Sie haben sich getäuscht, dieser Herr ist ein verlebter Wüstling, der nur noch die Leidenschaft des rasenden Spieles kennt.

Kammerherr. Sie werden mir Genugthuung geben!

Waldow. Wenn Sie dieselbe noch fordern nachdem ich Sie entlarvt habe, stehe ich zu Diensten. Vorher aber will ich Ihnen die widerlich süße Maske der Unschuld vom Gesichte reißen, mit der Sie die Frau Gräfin zu täuschen wußten.

Gräfin (erstaunt). Sie sprechen mit einer grauenvollen Sicherheit.

Waldow. Weil ich die Wahrheit sage. Sie haben der Frau Gräfin erzählt daß Sie Ihr ansehnliches Vermögen durch einen betrügerischen Bankrott verloren haben. Das war gelogen. Sie haben Ihr Vermögen in Schwelgerei und Spiel durchgebracht.

Gräfin. Wäre das möglich!

Kammerherr. Beweise, Herr, Beweise!

Waldow. Die sollen Sie haben. Ferner haben Sie der Frau Gräfin erzählt daß Sie durch Verleumdungen die Gnade Ihres Fürsten verloren hätten. Das ist gelogen. Sie sind Ihres Dienstes entlassen worden, weil Ihr unsitt= liches Leben zum öffentlichen Aergerniß geworden war.

Gräfin (heftig). Rechtfertigen Sie sich, Herr Kammer= herr, rechtfertigen Sie sich.

Kammerherr. Sie sollen mir Rede stehen!

Waldow. Mit Degen und Pistolen widerlegt man keine Thatsachen. Sie sind dann mit Schulden belastet hierher geflüchtet, haben hier die Rolle eines von der Bos= heit verfolgten Biedermannes gespielt und sich dadurch bei der Frau Gräfin so einzuschmeicheln gewußt, daß diese Ihnen die Hand ihrer Enkelin versprach. Ferner haben Sie der Frau Gräfin vorgeredet daß Sie einen Proceß um Ihr ver= lorenes Vermögen führten, und haben ihr ziemlich bedeutende Summen vorgeblich zu Proceßkosten abgeschwindelt.

Gräfin (in höchster Aufregung). Antworten Sie doch, Kammerherr, antworten Sie!

Kammerherr. Ich — ich —

Waldow (stärker). Auf den Reisen, die Sie vorgeblich um Ihres Processes willen führten, haben Sie diese Gelder verspielt.

Gräfin. Das wird ja immer entsetzlicher.

Waldow. Doch das reichte nicht hin Ihre rasende Spielwuth zu befriedigen, und so haben Sie auf die Mitgift Ihrer künftigen Frau Gemalin Schulden gemacht und zwar zu dem bedeutenden Betrage von dreißigtausend Thalern.

Gräfin. Ich erstarre! Herr Baron, wie wollen Sie diese furchtbare Anklage beweisen?

Waldow. Das Verstummen des Herrn Kammerherrn wäre Beweises genug, allein ich habe noch bessere. (Zieht den Wechsel aus seiner Brieftasche.) Kennen Sie diese Unterschrift?

Kammerherr (greift darnach).

Waldow. Halt! Lesen Sie selbst, Frau Gräfin.

Gräfin (liest zitternd, langsam, stark betonend). „Vierzehn Tage nach meiner Vermälung mit Thekla, Gräfin von Wachen= dorf, zahle ich gegen diesen meinen Wechsel die Summe von fünftausend Thaler" — (läßt das Blatt sinken) Abscheulich.

Waldow (schonend). Das ist der letzte Wechsel, Frau Gräfin, die andern sind in der Hand des Gläubigers.

Gräfin (schwach). Haben Sie das geschrieben?

Kammerherr. Lassen Sie sich den Zusammenhang erklären.

Waldow. Sie leugnen die Unterschrift nicht und können sie nicht leugnen. Wollen Sie noch mehr Beweise? Soll ich Ihnen noch die Briefe vorlegen, die ich über Sie aus der Residenz Ihres Fürsten habe? Sie thun wol am besten sich diese Beschämung zu ersparen.

Kammerherr. Theuerste Gräfin!

Gräfin (winkt ihm abgewandt mit der Hand, leise). Ich wünsche nicht Sie wieder zu sehen.

Kammerherr. Ich habe mit der Hölle gespielt und die Partie verloren. (Ab.)

Gräfin (geht einmal hin und her). Mit diesem Manne hatten Sie leider Recht. Doch noch haben Sie nicht gesiegt. Ich kann mich kaum schämen von diesem hintergangen worden zu sein.

Waldow. Sehr wahr. Daß es eine solch verdorbene Natur geben könne vermag ein edler Sinn nicht zu glauben.

Gräfin (mit Bitterkeit). Sie wollen mir noch edlen Sinn zuschreiben, nachdem Sie mich der Herrschsucht, des Eigenwillens, des Starrsinns beschuldigt haben?

Waldow. Wäre ich so offen Ihnen entgegengetreten wenn ich nicht auf Ihren edlen Sinn gebaut hätte?

Gräfin. Wollen Sie mir schmeicheln?

Waldow. So herb hat noch niemand mit Ihnen gesprochen wie ich. Finden Sie darin Schmeichelei?

Gräfin. Ich weiß es nicht, es gibt verschiedene Formen der Schmeichelei. Doch fahren Sie fort, Sie haben noch andere angeklagt.

Waldow (an der Thür). Schramm!

Zwölfter Auftritt.

Vorige. Schramm. (Dann) Grau.

Schramm (tritt ein).

Waldow. Wer ist im Vorzimmer?

Schramm. Magister Grau.

Waldow. Er mag kommen. Bleibe an der Thür und laß niemanden eintreten.

Schramm (ab).

Waldow. Sie verzeihen, Frau Gräfin, daß ich in Ihrem Hause etwas eigenmächtig auftrete, doch Sie haben selbst gesehen daß Ihr Vorzimmer einer zuverlässigeren Wache bedarf, als Sie in Ihrer Dienerschaft hatten.

Gräfin (setzt sich). Thun Sie was Sie für gut halten.

Grau (tritt ein). Gräfliche Gnaden haben befohlen?

Gräfin. Ich wünschte daß Sie sich gegen eine Anklage vertheidigen, die gegen Sie erhoben wird.

Grau. Eine Anklage? Ich fühle mich ruhig in meinem Gewissen.

Gräfin. Nun Herr Baron?

Waldow. Sie haben diesem Herrn die Erziehung Ihrer Enkel anvertraut, Sie wollen ihm zur Belohnung die Stelle des Pfarrers auf Ihrer Herrschaft und die Hand des Fräuleins Kunigunde geben, demnach halten Sie diesen Herrn für einen christlich frommen Mann.

Grau. Die gnädige Gräfin schlägt meine geringen Verdienste vielleicht zu hoch an, ich bin mir aber doch des reinsten Wandels vor den Augen des Himmels bewußt.

Waldow. Wirklich, Herr Magister? Kennen Sie diese Handschrift? (Zeigt ihm einen versiegelten Brief, den er aus der Brieftasche nimmt.)

Grau (erschrickt). Wie kommen Sie dazu?

Gräfin. Was ist mit dem Briefe?

Waldow. Dieser Brief ist von der verlobten Braut des Herrn Magisters.

Gräfin. Von der Braut?

Grau. Das heißt — wenn man — die Verhältnisse —

Waldow. Lassen Sie mich ausreden. Sie lernten als Student eine junge Spitzenwäscherin kennen, gewannen ihre Liebe und versprachen ihr die Ehe. Sie waren arm und das Mädchen opferte ihr kleines Vermögen und die Arbeit ihrer Hände, damit Sie studiren und die nöthigen Prüfungen bestehen konnten. Sie erhielten dann die Stelle hier als Hauslehrer und seit zehn Jahren stehen Sie mit Ihrer Verlobten im Briefwechsel und vertrösten das treue, gläubige Mädchen bis zu der Zeit, wo Sie eine Pfarrstelle erhalten würden, um sie dann heimzuführen. Da will die Frau Gräfin Sie mit Fräulein Kunigunde verheirathen, Ihnen gefällt die Jüngere, Blühendere, Sie reizt die versprochene Mitgift und ohne Bedenken willigen Sie ein und verstoßen das arme Mädchen, die Ihnen ihre Jugend, ja ihr ganzes Leben geopfert hat. Wie nennt man das, Herr Magister?

Gräfin (heftig). Das nennt man eine Schurkerei!

Waldow. Wohl, dieser Handlung ist der Mann hier schuldig.

Gräfin. Sagen Sie Nein, Herr Magister, sagen Sie Nein!

Grau (verlegen). Es ist doch wol nicht ganz so, wie der Herr Baron sagen —

Waldow. Nicht ganz so? Mein Diener ist der Oheim des armen Mädchens, soll ich ihn als Zeugen rufen? Oder besser noch, wollen Sie diesen Brief, den mein Diener

besorgen sollte, öffnen und die Frau Gräfin lesen lassen?
(Gibt den Brief der Gräfin.)

Gräfin. Es wäre ja abscheulich. Darf ich den Brief
öffnen?

Grau (unwillkürlich). Nein, nein, ich bitte.

Waldow. Sie sehen, der Herr wagt nicht Sie den
Brief sehen zu lassen. Es ist auch besser Sie lesen ihn nicht,
Frau Gräfin, es würde Ihnen weh thun wenn Sie sehen
müßten wie ein armes, betrogenes Mädchen mit Liebe, Treue
und Hoffnung an einen Unwürdigen, einen Wortbrüchigen
schreibt.

Gräfin. Ich werde irre an der Menschheit! Ein Ver=
löbniß brechen, Liebe, Treue, Wohlthaten mit dem schnödesten
Undanke lohnen, ist denn das möglich?

Grau. Ew. Gnaden erklärter, bestimmter Wille —
ich bin gewohnt denselben als Befehl anzusehen und aus
schuldigem Gehorsam gegen meine hohe Gönnerin und Ge=
bieterin —

Gräfin (heftig, springt auf). Kennen Sie den Spruch
nicht: man muß Gott mehr gehorchen als den Menschen?
Gehen Sie, Herr Magister, Ihnen kann ich die Seelsorge
für meine Bauern nicht anvertrauen. Zur Belohnung Ihrer
Dienste werde ich Ihrer Braut eine gute Aussteuer zukommen
lassen. Kehren Sie zu ihr zurück, erfüllen Sie Ihr Wort,
wie es einem Manne ziemt.

Grau. Ich habe hart mit mir gekämpft, als Sie mir
den Antrag machten, doch die Verehrung für Ew. Gnaden
siegte. Habe ich damit unrecht gethan, so will ich mein
Schicksal in christlicher Ergebung tragen. (Ab.)

Waldow. Sein letztes Wort noch eine Heuchelei.

Gräfin. Ich weiß nicht: soll ich Ihnen zürnen, Baron, oder soll ich Ihnen danken. Sie zerstören schonungslos meine Ansichten und Meinungen.

Waldow. Warten Sie bis zum Schluß, dann entscheiden Sie.

Gräfin (heftig). Zum Schluß, zum Schluß. Ja, bringen Sie es zu Ende.

Waldow (an der Thüre). Schramm!

Dreizehnter Auftritt.

Vorige. Schramm. (Dann) **Rabe.**

Schramm. Zu Befehl.

Waldow. Ist der Inspector da?

Schramm. Ja!

Waldow. Laß ihn eintreten.

Schramm (ab).

Gräfin (setzt sich). Wenn Sie auch bei dem Recht hätten!

Waldow. Sie werden sich gleich überzeugen.

Rabe (tritt ein). Unterthänigsten guten Morgen, gnädige Gräfin. Leider bringe ich Unangenehmes. Die Kosten für den Bau des Gewächshauses haben den Voranschlag bedeutend überschritten.

Gräfin. Lassen Sie jetzt diese Sache, Sie sollen über anderes Rede stehen. Wohlan, Herr Baron, hier ist der Mann, der seit fünfunddreißig Jahren mein vollstes Vertrauen genießt. Erheben Sie Ihre Klage.

Rabe. Klage? Gegen mich? Und von dem Herrn

Baron, mit dem ich es so gut meine? Je nun ich bin ein alter gerader Mann, ich kann schon einmal ein Wort zu viel gesagt haben.

Waldow. Um so etwas handelt es sich nicht. Frau Gräfin, als Sie die Verwaltung Ihrer Güter antraten, waren dieselben schuldenfrei, jetzt sind sie mit Hypotheken bis an hunderttausend Thaler belastet. Sie sind also in Ihren Vermögensumständen zurückgegangen.

Rabe (erstaunt). Woher wissen Sie das?

Waldow. Ich weiß noch mehr, ich weiß auch wie diese Hypotheken entstanden sind.

Rabe. Gräfliche Gnaden werden mir bezeugen daß ich daran keine Schuld trage, daß ich oft zur Einschränkung von Ausgaben gemahnt habe. So war der Schulbau über= flüssig — und welche Summen kostet allein der Herr Kammerherr!

Waldow. Ich aber, Herr Rabe, behaupte daß Sie an diesen Hypotheken allerdings schuld sind, sie bilden einen Theil von dem, um was Sie die Frau Gräfin in fünfund= dreißig Jahren betrogen haben.

Gräfin. Herr Baron!

Rabe. Ei du mein Gott!

Waldow. Frau Gräfin, die Jahre lang fortgesetzten Unterschleife dieses Menschen im Einzelnen aufzudecken ist eine Aufgabe, die ein tüchtiger Rechtsgelehrter nur durch eine Arbeit von Wochen lösen könnte. Deßhalb kurz nur so viel. Bei allen Verkäufen der Erträgnisse Ihrer Güter hat dieser Mensch Sie betrogen, bei allen Einkäufen, bei allen Bauten, bei der Auszahlung von Arbeitslöhnen, bei

Verpachtungen hat dieſer Menſch Sie betrogen.   Seine Be=
trügereien waren vollſtändig geordnet.   Die Vergleiche der
Rechnungen mit den Belegen war eine Arbeit, gnädige Frau,
die Sie nie zu bewältigen vermochten.   Noch weniger hätten
Sie gefälſchte Quittungen erkennen können.   Zu ſolcher Auf=
ſicht gehört das geübte Auge eines kenntnißreichen Mannes,
nicht das oberflächliche Nachſehen einer Dame.   So waren
Sie ziemlich wehrlos in der Hand dieſes Betrügers.   Bei
der Leitung Ihrer Geſchäfte hatte er ſtets ſeinen Vortheil
im Auge, er beherrſchte Sie, während Sie glaubten ihm zu
gebieten.   Er widerſprach in Kleinigkeiten, um ſich das An=
ſehen zu geben als ſei er auf Ihren Vortheil bedacht.   Deſto
ſicherer behielt er die Hauptleitung in der Hand.   Sie
wollten viel bauen, viel Neues ſchaffen.   Da ſind denn hier
und da Verlegenheiten entſtanden.   Dieſer Menſch wußte
Sie zur Aufnahme von Capitalien zu überreden.   So iſt
Ihre Hypothekenſchuld entſtanden, die unnöthig war, da bei
redlicher Wirthſchaft Ihre Einnahmen die Ausgaben decken
konnten.   Wollen Sie nun auch wiſſen wer Ihr Gläubiger
iſt?   Niemand anders als dieſer Menſch.   Um was er Sie
betrog hat er durch die dritte Hand Ihnen als Capital zu
unverſchämten Zinſen geliehen, indem er Sie zu der Meinung
brachte daß die Actienunternehmungen alles Capital ver=
ſchlängen und die Landwirthſchaft kein Geld bekommen
könne.   So hat dieſer Menſch unter der Maske der Bieder=
keit und Offenherzigkeit ein ſehr bedeutendes Vermögen an=
gehäuft, um das er Sie betrogen hat.

Gräfin (zitternd vor Zorn, hebt den Stock). Menſch, wenn das
wahr wäre, wenn ich Jahre lang von dir genarrt wäre —!

Rabe (heuchlerisch). Schlagen Sie mich, gräfliche Gnaden, ich halte still. Es würde nicht so weh thun, als so verleumdet zu werden.

Gräfin (heftig). Beweise, Herr Baron, Beweise.

Waldow. Ein Anfang von Beweis liegt auf Ihrem Tische. Sehen Sie den Wechsel des Kammerherrn genauer an. Er ist an den Inspector Rabe ausgestellt. Er also war es, der dem Verschwender das Geld gegen wucherische Zinsen lieh, weil er die Verhältnisse kannte, weil Sie ihm den Plan der Vermälung Ihrer Enkelin mitgetheilt hatten, und er nicht zweifelte daß Ihr Wille zur Geltung kommen würde. Schon daß er über so große Summen verfügen kann beweist gegen ihn.

Gräfin (sieht nach). Es ist so, es ist wahrhaftig so!

Rabe. Ich verlange Untersuchung!

Waldow. Fürchten Sie dieselbe!

Rabe. Gnädige Gräfin werden mich nicht ungehört verdammen. Ich gehe, ich hole alle Bücher und Belege. Sie mögen selbst prüfen.

Waldow. Halt! Nicht von der Stelle! Daß Sie hingingen und die Beweise vernichteten, die Sie belasten!

Rabe (kläglich). Gnädige Gräfin, soll ich mich nicht rechtfertigen dürfen?

Gräfin. Das können wir ihm wol nicht versagen, Herr Baron. Lassen Sie ihn.

Waldow. Verzeihen Sie, Frau Gräfin, eine Dame kann hier nicht entscheiden, hier gilt das derbe Handeln eines Mannes. Lassen wir ihn fort, möchten wir ihn leicht nicht wiedersehen. Das Beste, was Sie thun können, Herr Rabe, ist zu gestehen und um Gnade zu bitten. Der Kornschreiber, dessen Hülfe Sie bei Ihren Betrügereien nicht ganz entbehren konnten, den Sie mit der Aussicht auf die Hand Ihrer Tochter köderten und den Sie jetzt zurückgewiesen und dadurch zur Rache gereizt haben, hat alles bekannt. Also gestehen Sie auch.

Rabe. Ich habe nichts zu gestehen, ich bin unschuldig. Gnädigste Gräfin, ich berufe mich auf Sie.

Gräfin. Herr Baron, wenn er sich doch rechtfertigen könnte!

Waldow. Verzeihung, gnädige Frau, Sie haben mir geboten die Sache in die Hand zu nehmen, ich muß nun handeln wie es nothwendig ist. Also Sie wollen nicht gestehen?

Rabe. Nein, nein, ich bin unschuldig.

Waldow. Schramm!

Vierzehnter Auftritt.

Vorige. Schramm.

Schramm. Herr Baron!

Waldow. Geh und hole den Amtmann und den Landjäger. Der letztere soll Handschellen mitbringen!

Schramm. Sehr wohl!

Rabe. Halt!

Waldow. Nun!

Rabe. Es kann ja sein daß ich hier und da einen Irrthum begangen habe.

Waldow. Keinen Irrthum, absichtlichen Betrug! Ich lasse Sie verhaften, Ihre Papiere versiegeln, das Gericht mag untersuchen. Wollen Sie es darauf ankommen lassen?

Rabe (leise). Lassen Sie den Mann hinausgehen.

Waldow (winkt).

Schramm (ab).

Waldow. Nun, Herr Rabe?

Rabe. Ja, ich will bekennen, ich habe mir hier und da einen kleinen Marktpfennig gemacht. Ich wollte für meine Tochter ein kleines Vermögen —

Waldow. Das ist nichts. Sie gestehen unumwunden daß alles wahr ist, was ich gesagt habe oder es bleibt bei den Handschellen.

Rabe (kläglich). Frau Gräfin!

Gräfin. Sie elender Mensch.

Waldow. Wollen Sie nun bekennen? Sonst — (geht nach der Thür).

Rabe (fällt auf die Knie). Ja!

Waldow. Alles ist wahr, was ich gesagt habe?

Rabe. Ja! Gnade, Gnade! Machen Sie mich nicht unglücklich.

Waldow. Jetzt, Frau Gräfin, ist mein Werk gethan. Was nun geschehen soll haben Sie zu bestimmen.

Gräfin (leise). Was kann ich thun?

Waldow (leise). Sie können diesen Menschen der verdienten Strafe übergeben.

Gräfin. Er hat mir fünfunddreißig Jahre gedient, zwar schlecht, aber er hat doch mit mir gearbeitet. Ich mag den Mann nicht auf dem Zuchthause wissen, dem ich so

lange vertraut, dem ich durch mein blindes Vertrauen viel=
leicht die Wege zu seinem Betruge gebahnt habe.

Waldow (küßt ihr die Hand). Diese Entscheidung ist Ihres
edlen Herzens würdig.

Gräfin. Er mag gehen wohin er will, wenn ich ihn
nur nicht wiedersehe. Ach sein Name wird ewig für mich
eine peinigende Erinnerung sein.

Waldow. Sie dürfen Ihre Großmuth nicht zu weit
treiben. Sie sehen über die verdiente Strafe weg, aber seinen
Raub soll er nicht behalten.

Gräfin. Wie?

Waldow. Er soll die Schulddocumente wieder heraus=
geben, das ist das wenigste, was er erstatten muß. Glauben
Sie mir, er behält noch unendlich mehr was Ihnen eigentlich
zukäme.

Gräfin. Handeln Sie für mich.

Waldow. Auf, Herr Rabe. Sie haben gehört. Sind
Sie bereit die Schuldverschreibungen herauszugeben?

Rabe. Ja, ja!

Waldow. Auch die Wechsel des Kammerherrn? Sie
sind zwar an sich werthlos, denn der Zeitpunkt „vierzehn
Tage nach der Vermälung mit Gräfin Thekla“ wird nie
eintreten, aber mit diesen Scheinen könnten Sie den Kammer=
herrn beschimpfen und er trägt den Namen der Frau Gräfin.

Rabe (schwach). Ich werde sie herausgeben.

Waldow. Schramm!

Fünfzehnter Auftritt.

Vorige. Schramm.

Schramm. Hier!

Waldow. Du gehst mit diesem Manne und läßt dir die Schuldverschreibungen und Wechsel ausliefern, von denen dir der Kornschreiber gesagt. Hast du alles, kommst du zurück. Aber laß mir den Mann nicht aus den Augen!

Schramm. Ohne Sorgen, mir entläuft niemand.

Rabe (kläglich). Gnädige Gräfin!

Gräfin. Fort, fort, ich mag den Ton Ihrer Stimme nicht mehr hören.

Schramm. Ist's gefällig, Herr Rabe? (Mit Rabe ab.)

Waldow. Jetzt den Kopf in die Höhe, Frau Gräfin. Sie haben eine bittere Erfahrung gemacht, aber diese elenden Burschen sind es nicht werth daß Sie sich die Stimmung dadurch verderben lassen.

Gräfin (sieht ihn lange an). Sie haben gesiegt.

Waldow. Und habe dabei Gelegenheit gehabt Ihr edles Herz von der schönsten Seite kennen zu lernen.

Gräfin. An mir ist es jetzt mein Wort zu halten.

Waldow. Darf ich die Kinder von ihrem Glücke unterrichten?

Gräfin. Es wäre doch schicklicher wenn ich das selbst thäte. Soll ich auch vor ihnen als Besiegte erscheinen?

Waldow. So darf ich sie rufen?

Gräfin. Ich bitte darum.

Waldow. Sie werden den unangenehmen Morgen in einen freudigen verwandeln. (Rechts ab.)

Gräfin (sieht ihm nach). Ein Mann wie. er sein soll. Wäre mein Gemal so gewesen, ich wäre nicht in die Lage gekommen die Herrschaft zu führen. Ach und ich habe es manchmal gefühlt, ich stand recht einsam in meiner unbestrittenen Macht. Und soll ich die denn nun ganz verloren haben? Nein, nein, den Schein will ich wenigstens zu retten suchen.

Sechszehnter Auftritt.

Gräfin. Waldow. Adolf. Thekla. Kunigunde.

Gräfin (mit ihrem alten Wesen). Tretet näher. Der Herr Baron hat mir eure Herzensneigungen mitgetheilt. Obschon ich zürnen sollte daß ihr zu einem Fremden mehr Vertrauen hattet als zu mir, so hat doch die Bitte des Herrn Barons meinen Zorn entwaffnet. Ich willige in eure Wünsche!

Adolf. Ist's wahr, Großmutter?

Thekla. Ach was sind Sie gut!

Kunigunde. Welche Wendung!

Gräfin. Das heißt du gehst erst auf zwei Jahre nach einer Universität, um dich auszubilden.

Adolf (jubelnd). Ich werde fleißig sein, ein Jahr thut es auch. Großmutter, nimm es nicht übel, ich muß dich küssen.

Gräfin. Toller Bursche. (Für sich.) Ach solch einen Kuß hat er mir noch nie gegeben. Sie, Fräulein, bleiben indessen bei mir, um mir meine Einsamkeit zu erheitern.

Kunigunde. Und darf ich lustig sein?

Gräfin. Sein Sie wie Sie sind.

Kunigunde. Sie nehmen mich zur Tochter an, so will ich Sie auch auf den Händen tragen wie eine Mutter.

Gräfin. Und du willst mich verlassen, Thekla?

Thekla (verschämt). Wenn Sie es erlauben.

Waldow. Falkenhain ist ja nicht weit von hier, dort nehmen wir in Zukunft unsern Sitz.

Gräfin. Seid ihr nun zufrieden?

Alle. Mutter, theure Mutter.

Gräfin. Erdrückt mich nur nicht.

Waldow. Frau Gräfin, ist diese herzliche Freude der Ihrigen nicht mehr werth als das Gefühl unbestrittener Herrschaft?

Gräfin (in den Umarmungen der Kinder reicht ihm die Hand). Sie haben Recht.

(Der Vorhang fällt.)

„Herrschaft"

Herrn nach den Vilahernden,

...Möller...

...werden.

Prag den 21. Dezember 1866

Se. Excellenz des Herrn

Statthalters.